LOS MUERTOS TROPICALES

LOS MUERTOS TROPICALES

LETICIA MARTÍN HERNÁNDEZ

Título original: *Los muertos tropicales*

Copyright © 2018 por Leticia Martín Hernández

Primera edición: diciembre de 2018

Diseño de la cubierta: Xavier Comas
Correcciones: Raquel Ramos

www.leticiamh.com

A la isla de Hawái y su gente

Con veinte años recién cumplidos, había aprendido dos cosas. *Two things.*

La primera, que apretar el gatillo de una pistola es fácil. Basta una ligera presión con el dedo. Siempre había pensado que matar a alguien resultaría más difícil. Quizás lo sea con otro tipo de arma, un cuchillo, por ejemplo. Con un cuchillo, es probable que sientas cómo se rasgan los diferentes tejidos, cómo los músculos se contraen e, incluso, los latidos de la otra persona. Después, puede que percibas el olor metálico de la sangre o el tufo ácido del interior de las tripas al desparramarse por la mano con la que sujetas el mango del cuchillo o de la navaja o de las tijeras. Con una pistola, solo necesitas disparar desde lejos, como un niño que estuviera jugando a matar villanos con un arma de plástico.

La segunda cosa que había aprendido era que los fantasmas existen. Fantasmas, espectros, ánimas, espíritus. Los isleños los denominan caminantes nocturnos. *Night marchers.* Kimo nunca creyó que los hubiera visto de verdad. Me refiero a los caminantes nocturnos. ¿Qué motivo tendría para creerme?

Como tampoco nadie se hubiese creído la historia que contaba el mendigo de la entrada del supermercado. Crazy Pahupu, lo llamaban. Veterano de guerra, no sé de cuál. Arrastraba a todas partes un carro con bolsas de basura y una manta áspera que olía a sudor. Si le ofrecías unas monedas, te soltaba una retahíla sin sentido con un inglés plagado de localismos. *Howzit* por aquí y *bruddah* por allá. Siempre relataba la misma historia: cómo los caminantes nocturnos cruzaban el aparcamiento del supermercado formando una tenebrosa procesión de guerreros con lanzas. Kimo le arrebató un día el carro y huyó con él entre los coches aparcados sin dejar de mirar por encima del hombro. Supongo que estaría esperando a que Crazy Pahupu lo persiguiera escupiendo todo tipo de improperios. Sin embargo, el mendigo no hizo nada para recuperar el carro. Se quedó sentado donde estaba y se echó a llorar como un bebé. Solo dejó de gimotear cuando me disculpé con un billete de cinco dólares. Kimo había hecho chocar el carro contra el tronco de un árbol y, cuando lo empujé de vuelta hasta la entrada del supermercado, una de las ruedas renqueaba.

Una vez le pregunté al mendigo la razón de que se llamaran caminantes nocturnos, si era porque únicamente aparecían de noche.

—¿Crees que los muertos distinguen entre el día y la noche? —resopló sin dejar de hurgarse la mugre acumulada debajo de las uñas—. Es solo que es casi imposible verlos durante el día, como ocurre con las estrellas.

Kimo me esperaba junto a su todoterreno con cara de aburrimiento y Crazy Pahupu le dirigió una mirada de soslayo.

—No me gusta tu amigo —añadió el mendigo.

—Tampoco a mí —dije mientras le guiñaba un ojo a Kimo. No pude evitar sonreír cuando Kimo se llevó las manos al corazón como si le hubieran herido de repente.

Kimo nunca creyó que viese a los caminantes nocturnos. Lo peor de todo era que más de una vez pensé que quizás estuviera igual de loco que Crazy Pahupu.

Mi primer encuentro con los caminantes nocturnos ocurrió la madrugada de un domingo. Esa noche regresaba a casa eufórico. Los doscientos caballos de mi viejo Pontiac relinchaban con brío y podía sentir el pulso de la isla con cada acelerón. La carretera sinuosa, casi desierta, se abría camino entre mares de lava negra. Los faros del coche alumbraban las señales que restringían la velocidad a sesenta millas por hora o alertaban del peligro de que se cruzara un ganso o una cabra. Delante se erigían las formas oscuras de Maunakea y Maunaloa, los volcanes de catorce mil pies de altura que fueron el hogar de la diosa Pele. Desde la cima de Maunaloa, me imaginé a Pele saludándome con su cabellera de fuego. Cuentan que Pele llegó a la isla perseguida por una de sus hermanas, la diosa del mar. Fue un viaje largo y agotador desde las aguas del sur del Pacífico. Solo cuando escaló hasta lo más alto de Maunaloa fue capaz Pele de protegerse del embate de las olas. Con un simple gesto de la mano, hizo brotar ríos de lava que agrandaron cada vez más la isla y alejaron la costa de la cima del volcán.

I was feeling exultant. Eufórico, sí. Porque regresaba de una *lū'au* y no había mejor forma de ligar que acudir a una de las fiestas que los hoteles organizan para los turistas. La arena blanca de la playa iluminada por las antorchas, las palmeras mecidas por la brisa, el cálido murmullo del mar. Las *haoles* se vuelven locas con el sonido despreocupado del ukelele, con las camisas floreadas de los cantantes, con la elegancia ondulante de las bailarinas de *hula*. «Con tus pintas de galán de cine —decía siempre Kimo—, solo necesitas sonreír». Me lo decía aunque le costase admitir que la genética no había sido tan benévola con él. Tras merodear un rato por la playa, una *haole* me invitó a un cóctel con paragüita. Media hora después, me permitió acceder a la tersura de su piel enrojecida por el sol tropical y a las suaves curvas que el pareo no conseguía esconder. Las yemas de mis dedos aún vibraban al recordar el laberinto húmedo protegido por las piernas de... ¿Cuál era su nombre? Kate o Karen.

—No eres muy hablador, ¿verdad? —me había susurrado la chica mientras se ataba de nuevo el pareo al cuello—. Podrías decirme al menos cómo te llamas.

—Me llamo Kai.

—Tu nombre, ¿significa algo?

—Quiere decir «océano». —Me calcé las chanclas, que estaban semienterradas por la arena.

—Encantada de conocerte, Kai —se despidió la *haole* tendiéndome la mano.

El velocímetro del salpicadero marcaba ochenta millas por hora y desaceleré. No quería que me parase la Policía por exceso de velocidad. La noche entraba a raudales por la ventanilla semibajada y el Pontiac rugía con la potencia de una taladradora. Sentí de pronto un amor inmenso por la isla. Los que regresan después de muchos años mencionan el olor especial que les invade nada más bajar las escalerillas del avión. No sé si es verdad porque nunca he viajado fuera, pero me imagino que podría tratarse de ese aroma salado que se percibe incluso desde el volcán más alto.

Olor especial o no, el idiota de Kimo siempre había soñado con largarse, abandonar la isla y marcharse al continente. No era mi caso. ¿Para qué, si aquí lo tenía todo? Me gustaba surfear las olas justo antes del anochecer y tomarme luego una cerveza recién sacada de la nevera portátil con el océano Pacífico como escaparate. Poco me importaban el sol fiero, los persistentes vientos alisios o las implacables tormentas tropicales. La isla era campos húmedos de taro, extensiones infinitas de caña de azúcar, cafetales que cubrían las laderas volcánicas, bosques jurásicos de color esmeralda y ríos de lava incandescente que se precipitaban al mar.

Miré el reloj del coche.

Las cinco de la mañana.

Fue al levantar la mirada del reloj cuando los vi.

Los caminantes nocturnos.

Nunca podré olvidarme de lo que ocurrió a continuación. De lo primero que me percaté fue de unas luces que cruzaban la carretera. Frené de sopetón y el chirrido de los neumáticos resquebrajó el silencio de la noche. El coche derrapó sin que pudiera controlar el volante y, por la ventanilla, entró un aire caliente, putrefacto. Oí cánticos, redobles de tambores, el sonido de una caracola. Las luces pasaron a ser antorchas que iluminaban los rostros fantasmagóricos de unos guerreros ancestrales. Portaban unas lanzas altísimas, sus torsos translúcidos estaban adornados con tatuajes y se cubrían los hombros con unas capas hechas de plumas, unas rojas, otras negras, la mayoría de color amarillo. Les seguía una procesión de mujeres desnudas de cintura para arriba y con las cabelleras adornadas por coronas de flores.

Parpadeé varias veces.

Me negaba a creer lo que veía. Si te sentabas un rato con Crazy Pahupu, te contaba siempre la misma historia entre sorbo y sorbo de cerveza, la historia de cómo los caminantes nocturnos le asediaban por la noche. Guerreros de otros tiempos que escoltan a los muertos. Detrás, una procesión de plañideras fantasmagóricas. «Mirarles a los ojos supone la muerte inminente —aseguraba el mendigo—; mejor agachar la cabeza y rezar a los dioses».

Se me erizaron los pelos de la nuca. Gotas de sudor frío me

empapaban el rostro, los sobacos, las palmas de las manos que se aferraban al volante.

Una de las mujeres que seguía a los guerreros se detuvo delante del coche. Su boca se abría y se cerraba como si repitiera la misma palabra una y otra vez, pero no parecía emitir ningún sonido.

Bajé de inmediato la cabeza.

Sentía como si mi corazón se hubiera propuesto batir el récord de los cien metros lisos. Cada vez me costaba más respirar. Todo mi cuerpo temblaba y estuve tentado de huir, salir del coche y correr hasta que me fallaran las piernas.

Sin darme cuenta, había cerrado los ojos con fuerza. Cuando los abrí de nuevo, lo primero que me llamó la atención fue la arena que aún tenía entre los dedos de los pies. Había extendido un brazo para sacudirme la arena cuando, de repente, oí un frenazo.

Levanté, sin querer, la mirada.

La carretera que tenía delante de mí estaba vacía excepto por un todoterreno que me había esquivado a duras penas. El conductor hizo sonar el claxon y lanzó un exabrupto por la ventanilla. Tras inspirar varias veces, dejé de pisar el freno. El coche avanzó unas yardas y lo enderecé. Miré a la izquierda y a la derecha por el espejo retrovisor.

No quedaba rastro alguno de los caminantes nocturnos.

«Una alucinación», pensé entonces. Porque los caminantes nocturnos eran solo historias de viejos. Por más que Crazy Pahupu jurara y perjurara haberlos visto marchar por el aparcamiento del supermercado. Por más que se siguieran construyendo altares de piedra con ofrendas a los dioses. Por más que se bailase *hula* y se cantaran plegarias al cielo. Supersticiones, había creído siempre. Como no cortarse las uñas por la noche porque atrae la mala suerte. O no matar las polillas porque se trata de familiares fallecidos que vienen de visita.

Karen.

Me acordé de pronto. El nombre de la chica con las piernas infinitas era Karen.

Solté una carcajada nerviosa y apreté el acelerador hasta el fondo sin importarme el límite de velocidad.

—¿Te llamaron por tu nombre? —me preguntó *auntie* nada más contarle que había visto a un grupo de caminantes nocturnos. Estaba preparando la mesa cuando llegué a casa: el mantel de hule, los platos, los vasos, los cuchillos para untar la mantequilla.

El resto del viaje no había sido más que una procesión confusa de señales de tráfico, coches e imaginarias chicas de la curva. Recuerdo que pensé que, si me daba prisa, llegaría a tiempo para desayunar con los demás. Las luces de casa se encendían siempre unos minutos antes del amanecer. Pronto, el dormitorio que compartía con Kimo se llenaría con todo tipo de sonidos: *auntie,* preparando huevos revueltos, salchichas o tiras de beicon con una sartén ennegrecida; *uncle* Kekahuna, afeitándose con las noticias de la radio; Lilinoe, caminando por el pasillo con pasos de bailarina. Los chicos que trabajaban para *uncle* Kekahuna vendrían al poco rato. Tanto los que habían estado despiertos toda la noche y enseguida se irían a dormir como los que acababan de levantarse y comenzarían su jornada tras zamparse lo que quiera que *auntie* hubiese cocinado. Cada mañana, todos desayunábamos juntos alrededor de la mesa presidida por *uncle* Kekahuna.

Cuando llegué a Waimea, las calles estaban casi desiertas. El supermercado aún no había abierto y el aparcamiento de enfrente no era más que una explanada de cemento. Busqué el carro con bolsas de basura de Crazy Pahupu, pero no lo vi. Todavía tembloroso, pasé al lado de la estatua de bronce de un *paniolo* a caballo que, con espuelas y sombrero de ala ancha, echaba el lazo a una res. Porque Waimea es tierra de ranchos y *cowboys* —no de espíritus—, con colinas verdes salpicadas por caballos, vacas y garcillas de plumaje blanco que se alimentan de las moscas y las garrapatas que molestan al ganado. De pequeño, soñaba con lucir barba, mascar tabaco y cabalgar desde el amanecer hasta el anochecer. Sin embargo, nunca aprendí a montar a caballo.

Por fin, aparqué entre la camioneta de *uncle* Kekahuna y el todoterreno de Kimo. Me sentí más tranquilo con la familiaridad que me rodeó al salir del coche: el tejado metálico con la enorme antena parabólica, las luces navideñas que adornaban todo el año el porche, el césped que pronto habría que segar de nuevo, la vieja lancha motora que *uncle* Kekahuna llevaba años intentando arreglar, el gallinero que con tanto mimo cuidaba *auntie*. Caminé hasta el *lānai* semicubierto de atrás y abrí la puerta con mosquitera por la que se accedía a la cocina con sus cortinas a cuadros. Esa puerta permanecía abierta incluso durante la noche para que los chicos pudieran entrar siempre que quisieran.

Nada más verme, *auntie* soltó los platos que estaba colocando y puso sus manos a ambos lados de mi cabeza.

—¿Te encuentras bien? —Su moño entrecano me quedaba a la altura del pecho.

Se lo conté todo de corrido y, cuando le respondí que no, que no creía que los caminantes nocturnos me hubieran llamado por mi nombre, dejó escapar un suspiro largo que desinfló su rostro rechoncho como si de un globo se tratara.

—Entonces, no hay nada que temer si no les miraste a los ojos. Porque no les miraste a los ojos, ¿verdad?

—No, *auntie*.

Canturreó a continuación algo que no logré entender del todo. Un *pule*, supuse, una oración para que los dioses me protegiesen. Como muchos isleños, *auntie* era bastante supersticiosa. Nunca se cortaría las uñas por la noche ni mataría ninguna polilla. Tampoco dormiría con los pies apuntando a la puerta. De lo contrario, su alma podría abandonar su cuerpo mientras estuviera durmiendo y quizás no supiese cómo regresar.

El eco de su plegaria todavía retumbaba entre los calderos y las sartenes cuando apareció *uncle* Kekahuna. Su complexión de luchador de sumo hizo menguar de repente la cocina.

—Siéntate a mi lado, Kai. —La voz de *uncle* Kekahuna resonó como las notas graves de un trombón.

Obediente, ocupé la silla a su derecha y el grueso brazo de *uncle* Kekahuna me arropó por completo. Me maravillé, como siempre, del tatuaje tribal que cubría gran parte de su brazo izquierdo. Un patrón geométrico de crestas de ola, escamas de pez y puntas de lanza ascendía desde la muñeca hasta el hombro hasta abrazar la tortuga de tinta de su bíceps. Bajo la luz fluorescente de la cocina, la tortuga parecía tener vida propia.

—¿De fiesta? —me preguntó.

—*Yes, sir* —contesté.

—¿Te divertiste?

—*Yes, sir.*

Busqué con la mirada a *auntie* porque no quería que *uncle* Kekahuna se enterase de mi encuentro con los caminantes nocturnos. Me relajé un poco cuando *auntie* asintió con una leve inclinación de la cabeza.

Justo entonces, entró Kimo.

—Mamá, ¿cómo es posible que cada día estés más guapa? —bromeó mientras cogía una tira de beicon crujiente de la sartén que estaba al fuego. Sonreí al ver el collar de conchas que le adornaba el cuello. Se resistía a dejar de llevarlo por mucho que le dijera que, con el pelo largo y ese collar, parecía un surfista *haole*.

—¿Y tu hermana? —le preguntó *auntie*.

—Ya conoces a Lilinoe, todavía estará decidiendo qué ponerse —replicó Kimo con la boca llena.

—Deja de jugar con la comida y siéntate —le ordenó *uncle* Kekahuna a su hijo.

Kimo aún vagó un poco más por la cocina antes de sentarse a mi lado. Cuando lo hizo, me palmeó la espalda y no pude evitar sobresaltarme.

—Ni que hubieras visto un fantasma —se burló.

Lilinoe apareció unos minutos después con la cabellera suelta, el ombligo al aire y los pantalones cortos bien prietos. Su padre le ofreció la mejilla y Lilinoe le plasmó un beso cariñoso. La niña bonita de papá. A mí me dio los buenos días con un pellizco. Pilló un cacho de carne de mi espalda y lo retorció hasta que gemí de dolor. Lilinoe siempre disfrutaba pellizcándome o cuando me tiraba del pelo o me mordía. Una costumbre que no había perdido aunque estuviera a punto de cumplir dieciocho años.

—¿Por qué no te pones algo más decente para ir a clase? —le recriminó su madre.

—Solo te metes conmigo —se quejó Lilinoe—. Bendito sea el día que te enfades con Kimo.

—Kimo no me da tantos quebraderos de cabeza.

—¿Estás segura de eso, mamá?

—Cuidado con lo que dices, *little sister* —se defendió Kimo con la boca llena.

No había terminado de beberme el café cuando llegaron los chicos. Se descalzaron antes de entrar y fueron sentándose alrededor de la mesa. Nadie entraría con chanclas ni zapatos. Otra estúpida superstición.

Primero vinieron Otake y Leota acompañados por el olor a *aftershave* propio de los que se acaban de levantar. El pelo cortado al uno de Otake le confería el aspecto de un erizo y el cuerpo nervudo de Leota vibraba con cada movimiento como un resorte estirado al máximo. Después llegaron Ryder y Pulawa con los ojos enrojecidos por no haber dormido. Ryder se sentó a la mesa con un bostezo que dejó a la vista dos filas incompletas de dientes ennegrecidos. Pulawa dio los buenos días con un gruñido y depositó una bolsa de gimnasio azul al lado de la silla de *uncle* Kekahuna. Su nariz de boxeador se me antojó más torcida que nunca. Recorrí con la mirada los rostros que tenía a mi alrededor. El mío era el único pelo rubio entre las cabezas morenas que me rodeaban, el querubín de una postal navideña que te desea unas felices fiestas, como bromeaba a menudo Kimo.

Nada más sentarse Pulawa, Kimo me golpeó con disimulo la pierna por debajo de la mesa. A ninguno de los dos nos gustaba el que era la mano derecha de *uncle* Kekahuna. Mientras Otake, Leota y Ryder contaban sus últimas peripecias entre carcajadas, Pulawa observaba el percal con los ojos entrecerrados.

—El cabrón debe de creerse un depredador al acecho —me cuchicheó Kimo al oído.

No pude evitar sonreír.

—¿De qué te ríes, *pretty boy*? —me espetó de pronto Pulawa.

—De ti —replicó Kimo golpeándome el costado con el

codo porque me había quedado callado.

Pulawa abrió la boca, supongo que con la intención de insultarnos, pero *uncle* Kekahuna se levantó de sopetón de la mesa. Su silla gimió al verse liberada de las cerca de trescientas libras que pesaba.

—¿Problemas con la recaudación de anoche? —preguntó.

Cuando Pulawa negó con la cabeza, *uncle* Kekahuna cogió la bolsa de gimnasio del suelo y la depositó entre los platos sucios de la mesa.

—Quiero que, a partir de ahora, se encarguen los chavales del dinero —dijo.

Pulawa hizo una mueca de disgusto. Resultaba evidente que no estaba de acuerdo, pero era lo bastante listo como para no expresar su disconformidad delante de *uncle* Kekahuna.

Recuerdo que parpadeé varias veces, que se me secó la boca. Temía oír algo así desde que, con cinco años, me había venido a vivir con *auntie* y con *uncle* Kekahuna.

Be a good boy.

Sé un buen chico.

—¿Qué ocurrirá con el trabajo de la ferretería? —me atreví a preguntar. Trabajaba como reponedor desde hacía casi dos años, cuando acabé el instituto. De ocho de la mañana a tres de la tarde, seis días a la semana. Salario mínimo más alguna que otra compensación por trabajar los días festivos. El encargado estaba contento conmigo. Ese mismo viernes, Randy, que era como se llamaba el encargado, me había dicho que iba a ascenderme. «¿Crees que podrías hacerte cargo del almacén?», me propuso mientras se atusaba la barba de chivo. Cuando salí de su oficina, conté dos veces los tornillos, las tuercas y las arandelas. Diez céntimos por unidad.

—Habla cuanto antes con el encargado —dijo *uncle* Kekahuna—. ¿Alguna otra objeción?

—No, *sir*.

Después del desayuno, intenté dormitar unas horas, pero cada vez que cerraba los ojos, me envolvía el mismo olor putrefacto que me había asaltado durante mi encuentro con los caminantes nocturnos. De una patada escondí la bolsa de gimnasio azul debajo de la cama porque el hedor parecía provenir de su interior.

Cuando me desperté, Kimo había esparcido por el suelo de nuestra habitación el dinero que contenía la bolsa de gimnasio. No sabía por qué seguíamos compartiendo el mismo dormitorio desde hacía quince años. Quizás *uncle* Kekahuna pensara que esa era la mejor manera de controlar las idas y venidas de su hijo.

La tarea que nos había encomendado *uncle* Kekahuna era sencilla. Lo único que debíamos hacer era formar pilas de doscientos dólares y asegurar el fajo con una banda elástica. La mayoría de los billetes eran de veinte dólares, pero también había alguno que otro de cinco e, incluso, de un dólar. «Dinero sucio», no pude más que pensar. Sin embargo, no me había criado con una familia de médicos, bomberos, albañiles o taxistas. Recuerdo cuando Leota llegó a casa una noche con una fea herida de navaja y el costado abierto de lado a lado. O cuando a Otake le golpearon la cabeza con una barra de hierro. Estuvo inconsciente dos o tres días. Me observé las manos un momento y me las imaginé tan sucias como los billetes que estaba contando.

Cuando levanté la mirada después de formar un nuevo fajo de doscientos dólares, Kimo me observaba con una sonrisa socarrona.

—¿Triunfaste anoche? —me preguntó.

—Desde luego —respondí tras una pausa intencionada.

—*That's my boy.*

Vida loca, surf y *rock and roll.*

Con Kimo no había cabida para nada más por mucho que se enorgulleciese de ser casi un año mayor que yo.

Seguimos contando el dinero y el recuerdo de los caminantes nocturnos se fue esfumando poco a poco. Una cabezada al volante, solo eso.

—¿Crees que mi padre se daría cuenta si me quedo con unos cuantos fajos? —dijo Kimo después de un rato mientras acariciaba la tela de la bolsa de gimnasio.

—Mejor no bromear con ciertas cosas.

Separé diez billetes arrugados de veinte dólares y los até con una banda elástica.

—No pienso ser como mi padre —agregó Kimo—, que no hace más que atesorar dinero mientras obliga a su familia a vivir como pobretones.

Kimo miró con disgusto las paredes amarillentas de las que colgaban unos pósteres con las puntas retorcidas e imágenes de modelos despampanantes, olas casi imposibles de surfear y coches de lujo con las llantas brillantes.

—Sabes bien que es para no atraer la atención —le recordé.

—Me da igual por qué sea. Cuando tenga dinero, me voy a largar al continente con Aikane.

—¿Crees que Aikane se iría contigo?

—Por supuesto, está loquita por mí.

Estiré con las manos un billete de cinco dólares. Aikane, con el pelo negro y liso hasta la cintura, los ojos tropicales y el cuerpo de una Barbie, nunca tendría nada que ver con él. Lo sabía yo. Lo sabían nuestros amigos. Estoy convencido de que incluso lo sabía Kimo.

Terminamos de contar el dinero. Unos cincuenta mil dólares. Anotamos la cantidad exacta y metimos los fajos de nuevo dentro de la bolsa de gimnasio. Uno de los chicos se encargaría de llevar la bolsa a la oficina de Reid Ching, el contable de *uncle* Kekahuna.

El olor putrefacto continuó acosándome incluso después de cerrar la cremallera de la bolsa de gimnasio.

Como era domingo, decidimos acercarnos a la playa. Contábamos con un par de toallas, las aletas, las tablas de *bodyboard* y casi media milla de arena blanca.

Durante toda la semana, las olas habían sido espectaculares, huecas, rápidas, tubos perfectos de hasta cinco o seis pies. Lo primero que hacíamos era remar mar adentro acostados sobre la tabla. Lo que venía a continuación era pura adrenalina: esperar hasta que llegara la ola con tu nombre y comenzar a nadar hacia la orilla con los brazos firmes, la cabeza alta y la espalda arqueada; atrapar la ola y adelantar el cuerpo hasta la punta de la tabla para ganar velocidad; desplazarse a la izquierda o a la derecha para enfilar la pared de la ola; cargar el peso sobre la parte trasera de la tabla para frenar y dar tiempo a que la pared te cubra; y, por último, escapar triunfante del tubo o sentir cómo el labio de la ola te revuelca.

La playa estaba repleta cuando regresamos a la orilla, exhaustos tras más de una hora surfeando. Lilinoe y Aikane tomaban el sol con un grupo de amigas. Sus cuerpos adolescentes formaban un oasis de pieles morenas, bikinis raquíticos y gafas de sol extragrandes entre las sombrillas, las tumbonas y las neveras portátiles de los *haoles* que habían venido de vacaciones a la isla.

Con una sonrisa burlona, porque a veces no tenía muchas luces, Kimo se acostó sin más sobre la arena, al lado de Aikane. Cuando se levantara, tendría el aspecto de una *malasada* con demasiado azúcar por encima. Con la intención de echarme una cabezada, extendí la toalla cerca de Lilinoe y me tendí bocabajo. La arena me quemaba los pies y escarbé con los dedos buscando algo de frescor. Un pájaro con el pico amarillo —un miná, creo— izó el vuelo, asustado quizás por el movimiento brusco de mis pies.

Lilinoe y sus amigas parloteaban sin ni siquiera respirar.

Pero no Aikane.

Estaba acostada también bocabajo y, a pesar de las gafas de sol, era consciente de que me estaba mirando. Aikane, la que ve espíritus, la que habla con los muertos. O al menos eso cuchicheaba la gente. Bastaba verla bailar *hula* para creer los rumores: los brazos que dibujan el vuelo de un ave o el movimiento de un pez surcando el mar, que imitan el vaivén de las olas o cómo el viento mece las palmeras; el contoneo de las caderas con las rodillas algo flexionadas; los pies descalzos que golpean el suelo al ritmo de los tambores; la falda amplia y una corona hecha con flores. De veras que su forma de bailar parecía confirmar los cuchicheos.

Kimo arrugó el entrecejo cuando se percató de que Aikane me miraba.

No entraba dentro de mis planes robarle uno de sus juguetes preferidos porque sabía que a Kimo no le gustaba perder. Lo había aprendido bien con once o doce años. El escenario de aquella lección había sido esa misma playa. Quizás con menos turistas, pero se trataba de la misma playa. Había trepado detrás de Kimo hasta lo alto del acantilado, cerca de veinte pies. Cerré los ojos, di un paso al frente y salté de bomba al vacío. El mar me abrazó y me desorienté y los oídos me silbaron. Cuando saqué la cabeza del agua, Kimo me observaba desde el borde del acantilado. Le temblaban las piernas y supe que no saltaría. Le fue con el cuento a su madre. No sé qué mentiras se inventó, pero el caso es que, cuando regresé a la sombrilla que *uncle* Kekahuna había plantado, *auntie* me dio una cachetada.

—¿Cómo te atreves a ridiculizar a mi hijo? —me reprochó —. Si lo que pretendes es abrirte la cabeza contra una roca, adelante. Pero no se te ocurra decir que es un cobarde por no dejarse arrastrar por ti.

La siguiente vez que fuimos a la playa, Kimo quiso demostrarme que no era un cobarde. Lo copió de una película. Dos hermanos se retaban a ver quién conseguía nadar más lejos. Nos lanzamos al agua y empezamos a nadar. Brazadas largas, sin dejar de batir las piernas, las olas cada vez más combativas. Cuando me faltó la respiración, me detuve y miré atrás. Kimo también había dejado de nadar, quince o veinte yardas por detrás. Continué nadando, pero me obligué a avanzar más despacio y permití que Kimo me adelantase. Cuando lo perdí de vista delante de mí, engullido casi por el oleaje, me di la vuelta y regresé a la playa.

Salí del agua jadeando, con los brazos doloridos, la boca salada por todo lo que había tragado. Me recosté contra unas rocas negras, las mismas rocas que adoptan la forma de una mujer dormida cuando la marea está baja.

Kimo alcanzó la orilla unos minutos después. Nada más hacer pie, izó los puños. Señal de victoria. Corrió hacia mí y me ofreció la mano.

—¿Hermanos? —sugirió.

Ojalá hubiéramos sido alguna vez hermanos.

Brothers.

Por nada del mundo pensaba robarle a Kimo uno de sus juguetes preferidos, así que giré la cabeza al otro lado para evitar la mirada perturbadora de Aikane. Pero cuando lo hice, me encontré de repente con los ojos de Lilinoe y me sentí tan incómodo que escondí el rostro entre los brazos.

5

Me propuse, por tanto, olvidarme de Aikane porque sabía que era tan peligrosa como un paquete con material radiactivo. Además, estaba cada vez más ocupado. De pronto, no solo me encargaba de contar con Kimo el dinero que Pulawa traía todas las mañanas. También debíamos llevárselo a Reid Ching para que actualizara la doble contabilidad que llevaba y, después, repartirlo por todo el pueblo. Cuatro sobres marrones. Primero, el viejo restaurante a la entrada de Waimea, con las mejores costillas asadas de la isla. Luego, la lavandería automática del centro comercial y el túnel de lavado que acababan de abrir junto a la gasolinera. Por último, la agencia inmobiliaria que compartía recepción con la clínica dental de al lado y que exhibía la maqueta del nuevo edificio de apartamentos que se iba a construir a las afueras. Negocios todos que se encargarían de lavar el dinero. Ching, el contable, tenía un aspecto reptiliano, con los labios finos y el pelo saturado de gomina. Se despedía siempre con un apretón de manos sudoroso y, más de una vez, sentí la tentación de girarme e ignorar su brazo extendido.

Lo dicho, mi intención era olvidarme por completo de Aikane.

Pero Aikane no tenía ninguna intención de olvidarse de mí.

Una tarde que habíamos ido de nuevo a la playa a surfear, se levantó de la toalla con su bikini blanco y la piel recubierta por gotitas de sudor porque el calor era bochornoso.

—¿Nos damos un baño? —me propuso. La brisa marina me trajo el olor a coco de su bronceador.

Más que una invitación, era una orden porque nadie se atrevería a decirle que no. La acompañé y sentí cómo Kimo nos seguía con la mirada.

El agua nos llegaba hasta la cintura cuando el cuerpo moreno de Aikane desapareció bajo una ola y resurgió mar adentro. Sus brazadas eran las de quien ha aprendido antes a nadar que a caminar. Un hombre con el agua hasta el pecho se cruzó delante de mí con unos enormes cascos y un detector de metales. Cuando conseguí esquivar al hombre con el detector y pude por fin alcanzar a Aikane, la playa a nuestras espaldas no era más que una fotografía desenfocada por el calor que desprendía la arena. Dejamos de nadar y nos mantuvimos a flote sin que nos importase que la marea nos alejara cada vez más de la orilla.

—¿Te llamaron por tu nombre? —me preguntó de pronto Aikane, su voz arrullada por el océano.

—¿Mi nombre? ¿A qué te refieres?

—¿Te llamaron por tu nombre los caminantes nocturnos?

El vaivén del mar nos acercó aún más y sus piernas rozaron las mías.

—¿Quién te lo contó?

—¿Te llamaron por tu nombre? —repitió.

—No me llamaron por mi nombre. ¿Por qué quieres saberlo?

—Eres un mentiroso, ¿sabes? Podrás engañar a otros, pero no a mí. —Aikane me dio una patada bajo el agua y comenzó a nadar hacia la playa.

No me sentí con fuerzas para seguirla y me quedé unos minutos más a la deriva. A lo lejos, una ballena jorobada asomó la cabeza, deleitó a los turistas con un salto y se sumergió de nuevo dejando por detrás una nube espumosa.

6

—¿Te gusta Aikane? —quiso saber Kimo unos días más tarde. Me imagino que esa pregunta le había estado rondando la cabeza y que, por fin, se había decidido a tantearme.

—Tendría que estar ciego para que no me gustase.

—¿Te gusta? —insistió.

—Claro que no —respondí—. ¿Satisfecho?

De todas formas, poco habrían de importar los planes que tuviera Kimo. Sin que nadie lo esperase, Aikane desapareció una semana después, como si no fuera más que uno de los espíritus con los que, según los rumores, se comunicaba. Fue un domingo por la noche cuando sus padres dieron la voz de alarma. Me acuerdo porque regresaba con Kimo tras ver el partido de fútbol con unos amigos. Los Chargers contra los Chiefs. O contra los Ravens. Chiefs o Ravens, aquella noche ganaron los Chargers gracias a un *touchdown* de infarto.

Nada más llegar a casa nos dimos cuenta de que había ocurrido algo. Cuatro o cinco coches bloqueaban el acceso de cemento al garaje cubierto y varios hombres merodeaban intranquilos por el jardín. Cuando entramos por la puerta de atrás, la cocina era un barullo de voces y llantos. Una mujer regordeta lloriqueaba y un hombre con orejas de soplillo se mesaba los cabellos. Los padres de Aikane, supuse, aunque poco o nada se parecían a su hija. Mientras *auntie* intentaba consolar a la mujer, *uncle* Kekahuna interrogaba al hombre sin mucho éxito. Las respuestas del padre de Aikane eran incoherentes. Cada dos o tres frases, se giraba hacia donde estaba sentada su mujer y repetía que no deberían haber creado tal tumulto, que seguro que su hija regresaría pronto.

Desde luego, no me sorprendió que los padres de Aikane hubieran pedido ayuda a *uncle* Kekahuna. Todos nuestros vecinos, sin excepción, trataban a *uncle* Kekahuna con deferencia porque sabían que era la única persona capaz de resolver cierto tipo de problemas. Le pedían ayuda cuando surgían disputas por culpa de los ladridos de un perro o por la altura de un seto. O cuando les robaban el coche, la moto o la bicicleta del crío. O incluso cuando necesitaban dinero para pagar la hipoteca. Sin importar que fueran cien o mil dólares, *uncle* Kekahuna les prestaba el dinero a un interés irrisorio. El año anterior, cuando dos *haoles* violaron a la hija del cartero, la Policía encontró a los culpables ahorcados. Por orden de *uncle* Kekahuna y a expresa petición del padre de la víctima, por supuesto. Como el que solicita una audiencia al rey, el porche solía hacer las veces de sala del trono con *uncle* Kekahuna meciéndose a la sombra y una cerveza bien fría siempre a mano.

Como nosotros no habíamos visto a Aikane desde hacía varios días y poco podíamos hacer excepto molestar, *auntie* nos echó de la cocina. Quince o treinta minutos después se organizaron equipos de búsqueda y los coches que estaban aparcados fuera desaparecieron uno tras otro, como una desbandada de antílopes perseguidos por un guepardo hambriento.

Nos unimos a la búsqueda con la camioneta de *uncle* Kekahuna. Conducía uno de los chicos, creo que Ryder. Me senté detrás con Kimo mientras que *uncle* Kekahuna ocupó el asiento del copiloto. Nos recorrimos Waimea de punta a punta. Todos y cada uno de los barrios. Las calles asfaltadas y las pistas de tierra. Eran cerca de las diez de la noche y los faros del vehículo alumbraban la vegetación frondosa, los campos cultivados, los buzones. Granjas, invernaderos, tractores, olor a estiércol, carteles de «Propiedad privada» y de «Cuidado con el perro». Luego, nos dirigimos a la costa. Los hoteles de Waikoloa estaban repletos. Los turistas paseaban por la calle con bermudas y sandalias. La noche era cálida y la humedad podía masticarse. Nos deteníamos, enseñábamos la foto de Aikane y proseguíamos con la búsqueda.

Nadie la conocía.

Nadie la había visto.

Por último, Ryder condujo rumbo al sur, hacia Kona, con edificios bajos que imitan la antigua arquitectura de las plantaciones de caña de azúcar y *happy hour* hasta la medianoche. La música de los bares era ensordecedora. Por las ventanillas bajadas de la camioneta entraba no solo el intenso olor salado de la bahía sino también el tufo a orines de las esquinas. A lo lejos se veían las luces de un crucero fondeado, descendiente de los barcos balleneros que siglos atrás regresaban de los mares del norte con barriles repletos de aceite.

De nuevo, ni rastro de Aikane.

Kimo no paraba de maldecir y, cada dos por tres, se frotaba nervioso la parte de atrás del cuello. Estuvo a punto de darle un puñetazo a un *haole* con los ojos drogados que había pretendido quedarse con la foto de Aikane. Con ayuda de Ryder, conseguí que Kimo se calmase y que el *haole* regresara al interior del tugurio del que había escapado. Pero cuando unas calles más allá Ryder detuvo la camioneta porque el semáforo se puso rojo, Kimo musitó algo —no sé qué—, abrió de repente la puerta y desapareció corriendo por uno de los callejones.

—¿Dónde coño crees que vas? —le gritó *uncle* Kekahuna.

No supimos dónde fue hasta la mañana siguiente.

Cuando regresamos a Waimea poco antes del amanecer, la casa había recuperado la tranquilidad. Tras prometerles que la búsqueda continuaría, los padres de Aikane habían accedido por fin a volverse e intentar descansar un rato. Un policía con psoriasis, por lo visto un buen amigo de *uncle* Kekahuna, había hablado con ellos. Derrochando confianza, les aseguró que encontrarían a su hija lo antes posible. La isla no era grande y no había tantos lugares donde esconderse. Vigilarían también el aeropuerto, las entradas y salidas de los barcos.

Un par de horas después, Kimo llegó a casa con la mitad de la cara amoratada, el labio partido, la camiseta hecha jirones y los nudillos ensangrentados. Cuando *uncle* Kekahuna se percató del estado de su hijo, a punto estuvo de propinarle una bofetada. Fue el grito conciliador de *auntie* el que detuvo la mano abierta de su marido a escasas pulgadas de la mandíbula de Kimo. Preocupada aún por la suerte que pudiera correr su hijo, *auntie* me ordenó que la acompañara fuera, al *lānai*. Creo que me pidió que la ayudara a mover una maceta. O a podar unas flores. Una excusa, claro. Mejor dejarlos solos, no fuera que empeorásemos la situación. Antes de abandonar la cocina, no obstante, tuve tiempo de escuchar cómo *uncle* Kekahuna le preguntaba con voz contenida a Kimo si buscaba iniciar una guerra con Naone.

Después de mover la maceta o de podar las flores —porque, por más que lo intento, sigo sin poder recordar lo que *auntie* me pidió hacer—, me encaminé a mi dormitorio. Kimo entró al poco rato. Tiró al suelo los cojines que adornaban su cama y se acostó.

—Cuéntame qué pasó anoche —dije.

—La cagué —susurró antes de cerrar los ojos—, la cagué bien esta vez.

No quiso contarme nada más. De lo que ocurrió aquella noche me fui enterando poco a poco a lo largo del día: *uncle* Kekahuna al teléfono, las órdenes que impartió a los chicos, la conversación que mantuvo con *auntie* mientras cargaba el revólver que tenía escondido detrás de los botes de especias de la cocina.

Un nombre se repetía una y otra vez.

Naone.

Por lo visto, Kimo pensó que uno de los hombres de Naone podía tener algo que ver con la desaparición de Aikane. Llegó a esa conclusión porque una noche los vio a los dos, a Aikane y a ese fulano. Paseaban juntos y quizás fueran cogidos de la mano. O quizás no. Pero Kimo se convenció de que Aikane había huido con ese hombre y, cuando se tropezó con él a las puertas de un bar, le destrozó la mandíbula a puñetazos.

Naone odiaba a *uncle* Kekahuna.

Y *uncle* Kekahuna odiaba a Naone.

La paz entre ellos era delicada, más bien una guerra fría entre dos superpotencias listas para lanzarse sendas oleadas de misiles.

La primera víctima de aquella crisis fue el pobre Ryder. Los hombres de Naone lo acorralaron a la salida de un McDonald's. Tres costillas rotas y casi ciego del ojo derecho por culpa de un botellazo.

Como dije con anterioridad, no me había criado con una familia de cocineros o electricistas.

El conflicto con Naone duró más o menos una semana. Esos días, los bultos de las pistolas y los revólveres eran evidentes bajo las camisas coloreadas de los chicos cada vez que la tela se les estiraba hasta pegarse a la piel. Lo peor fue un altercado con varios de los hombres de Naone. Por suerte, la situación no llegó a mayores. Insultos y un breve intercambio de puñetazos, aunque Otake estuvo a punto de salir malparado porque uno de los matones le atacó con una navaja.

Con el pretexto de una gripe mal curada, *uncle* Kekahuna envió una nota al instituto para informarles de que Lilinoe iba a faltar varios días a clase. A los berrinches de Lilinoe por no poder salir de casa se unió el malhumor de Kimo porque la desaparición de Aikane había pasado a segundo plano. Aikane era mayor de edad y la Policía estaba cada vez más convencida de que se había ido por voluntad propia. Al continente, casi con certeza, por más que sus padres gritaran al cielo que su hija nunca se habría marchado sin decir nada.

Una tarde vino Naone a casa. Tenía un ojo bizco y la complexión de un jugador de fútbol a punto de anotar un *touchdown*.

Naone y *uncle* Kekahuna se sentaron a hablar con las manos bien a la vista sobre el mantel floreado de la mesa de la cocina. Una negociación de paz. La conversación duró cerca de una hora y, aunque nunca supe qué discutieron, siempre me la he imaginado como un partido de tenis. Recibir la pelota y devolverla hasta que tu oponente se equivoque y, entonces, subir a la red y ganar la jugada con una volea o un remate.

Recuerdo que estaba cortando el césped del jardín cuando Naone llegó. El cortacésped no arrancó a la primera. Cuando conseguí que arrancara tras tres intentos, el ruido del motor fue ensordecedor. La hierba había crecido bastante y me costó empujar la máquina por el jardín. Por el rabillo del ojo no podía dejar de observar el rostro cuajado de cicatrices del hombre que, supuse, era el guardaespaldas de Naone. Kalani —me enteré después de que así se llamaba— esperaba junto a la enorme camioneta de color plateado que había traído a los dos hombres. Cuando por fin terminé de cortar el césped, el sudor me goteaba desde la punta de la nariz como si fuera un grifo mal cerrado.

Kalani se había percatado de mi presencia y me sonrió enseñando los dientes. Me sorprendí cuando me di cuenta de que estaban forrados de oro. El guardaespaldas de Naone abandonó la protección de la camioneta y se acercó tanto que su inmenso torso casi roza el mío. Un escalofrío me recorrió la espina dorsal cuando me acarició la mejilla con una de sus manazas.

—Me gusta como hueles. —Kalani inhaló una gran bocanada de aire—. Hueles a hierba recién cortada.

El mapa de cicatrices de su rostro se contorsionaba con cada palabra y, por más que lo intentase, no era capaz de desviar la mirada de su dentadura dorada.

Quise dar un paso atrás, pero estaba atrapado entre el cortacésped y el cuerpo musculado del guardaespaldas.

—¿Por qué querrías escapar de mí, *beautiful*? —me susurró barriéndome la oreja con la lengua.

No me atreví ni a respirar.

Justo entonces, *uncle* Kekahuna salió por la puerta principal acompañado por Naone. La aparición de los dos hombres hizo que Kalani retrocediera unos pasos.

Naone me señaló con un gesto de la cabeza.

—¿Quién es? —preguntó.

—Uno de mis hijos —respondió de inmediato *uncle* Kekahuna.

—No se parece nada a ti.

—Por fortuna, se parece más a su madre.

—Me temo que tampoco se parece a tu mujer.

Naone se despidió de *uncle* Kekahuna sin dejar de mirarme de soslayo con el ojo bueno. Pero cuando Kalani estaba a punto de arrancar, Naone descolgó el brazo por fuera de la ventanilla de la camioneta y se dirigió de nuevo a *uncle* Kekahuna.

—Por cierto, ¿quién es la chica desaparecida?

—Nadie que deba preocuparte —dijo *uncle* Kekahuna sin ni siquiera parpadear.

Los dos hombres se miraron a través de la ventanilla bajada. Una superpotencia a cada lado del telón de acero. Hasta que, por fin, Kalani dio marcha atrás y la camioneta se perdió calle abajo.

Por supuesto, no me parezco ni a *auntie* ni a *uncle* Kekahuna. No con mi pelo rubio, tan rubio que es casi blanco. No me parezco a ninguno de los dos porque me adoptaron cuando tenía cinco años. La verdad es que no tengo muchos recuerdos de antes de que me viniera a vivir con ellos. Me acordaba, eso sí, del cuerpo sin vida de mi madre, extendido con recato sobre una cama como si fuera una muñeca rota. Una corona de flores le adornaba la larga melena negra, unas preciosas orquídeas blancas con los pétalos manchados de fucsia. El intenso aroma de las orquídeas inundaba por completo la habitación. Un olor dulzón, empalagoso. Unas horas después de hallar el cadáver de mi madre, un policía me encontró por casualidad escondido detrás de un contenedor de basura. La típica trama de una película de serie B. Cuando, con catorce años, *uncle* Kekahuna me llevó a ese mismo lugar, el hedor nauseabundo de los contenedores de basura hizo que me doblara por la mitad y vomitase todo lo que había comido desde el desayuno.

Ojalá fuera la historia de origen de un superhéroe, por ejemplo, la historia que narra el nacimiento de Māui, el semidiós que puede cambiar de forma a su antojo. Māui nació prematuro, a orillas del mar. Su madre pensó que el bebé moriría pronto, por lo que lo envolvió con un mechón de su larga cabellera y permitió que las olas lo arrastraran mar adentro. Las algas del océano acunaron al recién nacido y una suave brisa lo transportó hasta la seguridad de una playa lejana. Muchos años después, Māui recorrió el mundo buscando a su madre. Lo hizo con forma de pez si debía navegar por el mar, de pájaro si necesitaba cruzar las montañas, de feroz jabalí si le urgía atravesar un bosque. Sé que al final se reunió con su madre, aunque no recuerdo bien cómo. *And they lived happily ever after.*

Por desgracia, no soy ningún superhéroe. Porque un superhéroe habría querido conocer más detalles acerca de la muerte de su madre. Lo cierto es que me había llegado a convencer de que no me importaba. Como cuando te pica una parte del cuerpo, pero sabes que es peor si te rascas y, por tanto, te obligas a ignorar el picor, aunque se tratase de un picor que duraba quince años. Tampoco sabía quién era mi padre; probablemente, un *haole* de quien habría heredado el pelo rubio. La verdad es que, por la cuenta que me traía, bien podía haber sido el fruto de una inmaculada concepción.

Recuerdo una vez que estaba con unos amigos y a alguien no se le ocurrió otra cosa que preguntarme qué era lo peor que me había pasado nunca. Contesté que un accidente con la bicicleta. Me había fracturado un brazo y estuve cerca de dos meses sin poder surfear. El chaval con granos que estaba sentado a mi lado respondió que la peor tragedia de su vida había sido la muerte de su madre. Cáncer. Estuve tentado de romperle la nariz de un puñetazo cuando me percaté de que se le habían humedecido los ojos. ¿Con qué derecho se atrevía a llorar delante de mí?

Desde que me adoptaron, el caso es que me había sentido como el perro apaleado que recogen del refugio, siempre temeroso de que lo volvieran a abandonar. Por ese motivo, cuando unos días después *uncle* Kekahuna me dijo que quería que acompañara a Pulawa por las noches ahora que Ryder iba a estar hospitalizado una buena temporada, ¿cuál fue mi respuesta? Claro está, asentí sin profesar ninguna queja. *Yes, sir.*

—¿Vendrá Kimo con nosotros? —quise saber.

—¿El inútil de mi hijo? —tronó *uncle* Kekahuna, lo que hizo que le temblaran todos los pliegues de la papada—. No menciones ni siquiera su nombre.

Esa mañana habíamos ido a comprar pienso para las gallinas. De regreso a casa, *uncle* Kekahuna aparcó su camioneta delante de un solar vallado. Una excavadora estaba abriendo un inmenso boquete y me empezaron a llorar los ojos por culpa de la polvareda.

—Es mi herencia —dijo *uncle* Kekahuna señalando el solar con el dedo—, un edificio de apartamentos de tres plantas. Puede ser también tu herencia si me ayudas a protegerla.

No supe qué contestar.

Un trabajador con un casco amarillo salió de uno de los baños portátiles y nos saludó con un gesto de la cabeza. Levanté la mano a medias con la intención de devolverle el saludo, pero de inmediato dejé caer el brazo.

Be a good boy.

9

Otake y Leota se encargaban de los locales de apuestas con horario diurno, hilo musical y hasta cafetera exprés. Pulawa y Ryder, por el contrario, debían recorrerse todas las noches los antros de mala reputación que no cerraban hasta el amanecer.

Las apuestas incluían cualquier tipo de deporte. Fútbol, baloncesto, béisbol, golf, boxeo. Teníamos incluso una lotería. Dos dólares por boleto. Elegías tres números al azar y ganabas mil veces más si coincidían con los tres últimos dígitos del índice Dow Jones al cierre de la bolsa de ese día. Dow Jones o como quiera que se llame. Los que jugaban no habían tenido nunca ningún otro interés por la bolsa. Los afortunados eran pocos, por supuesto, pero las ganancias eran descomunales: casi cinco mil dólares diarios. Libres de impuestos, claro.

Con Ryder fuera de juego, de pronto me encontré acompañando a Pulawa de un tugurio a otro.

Pulawa había sido boxeador profesional. Unas doscientas libras, peso pesado. Por lo visto, ganó sus primeras diez luchas por *knockout*, aunque tuvo que abandonar por una lesión de rodilla mal curada. Ocho o nueve años después, pesaba cien libras más y la barriga le despuntaba entre los botones de las camisas ceñidas que solía llevar. Le costaba asimismo recordar ciertos nombres, la visión del ojo izquierdo se le nublaba a menudo, los dedos de las manos se le entumecían con frecuencia por todas las veces que se había dislocado uno u otro hombro y cojeaba un poco del pie derecho cuando se cansaba o hacía frío.

Me contó todo esto días más tarde, una noche que se emborrachó, porque al principio apenas intercambiamos dos o tres frases. Por suerte, se le soltaba la lengua cuando estaba borracho. Las primeras noches, además de no dirigirme casi la palabra, me prohibió incluso bajarme del despampanante Mustang amarillo que conducía. Pulawa aparcaba frente al garito de turno y volvía transcurrida una media hora con marcas de pintalabios, los nudillos a veces ensangrentados y un sobre lleno de dinero. Hasta la cuarta o quinta noche no me permitió acompañarle a uno de los antros. El nombre del bar era Copacabana, con la fachada ennegrecida por los tubos de escape de los coches y un cartel luminoso con la mitad de las bombillas fundidas.

—Ni se te ocurra abrir la boca, *pretty boy* —me ordenó antes de bajarse del Mustang.

Nada más entrar, todo el mundo se acercó a saludar a Pulawa como si fuera el dueño y señor del local.

The king of the night.

Todos querían acaparar durante al menos una fracción de segundo la atención de Pulawa: los trasnochadores que miraban ensimismados los televisores donde se emitían partidos de fútbol o de béisbol; los macarras que se agolpaban alrededor de las mesas de billar con las manos sucias de tiza; los borrachos que apenas podían acertar la diana con los dardos; las camareras de escotes pronunciados que se movían entre las mesas sin derramar ni una sola gota de cerveza. Algunos inclinaban la cabeza como muestra de respeto. Otros se atrevían a golpearle amigablemente la espalda. Más de una se ponía de puntillas y le regalaba un beso con lengua.

He de admitir que era intoxicante.

Trepé a uno de los taburetes desocupados de la barra e intenté no perderme ningún detalle de cómo Pulawa charlaba con el barman, con el corredor de apuestas, con el encargado. Unas palmaditas, un chiste, un último apretón de manos, dos o tres *whiskies* gratis y una chica de copa C debajo de cada brazo.

—¿Quién es? —preguntó más de uno señalándome con la cabeza.

—El chico nuevo —respondía siempre Pulawa.

Por eso, cuando una de las camareras restregó su cuerpo contra el mío, todo piel y curvas, no pude evitar sentirme también el rey de la noche. Al menos durante unos segundos.

—Es guapo el chaval —ronroneó la camarera mientras me acariciaba el rostro con las yemas de los dedos y le guiñaba un ojo a Pulawa.

Un par de noches después, regresamos al mismo garito.

Pulawa y el chico nuevo.

Desde el taburete de la barra, me dejé abrazar por la música hortera que despedían los altavoces, por el sabor amargo de la cerveza que estaba bebiendo y por los labios resecos de más de una camarera.

—Kai, ¿verdad? —me preguntó de pronto el hombre que acababa de apostarse a mi lado. Flaco, larguirucho, el bigote espeso y la piel requemada por el sol. Dickie, se llamaba. Dickie Kekoa. Lo reconocí de inmediato. Sabía que era el propietario de uno de esos barcos con el fondo de cristal que permiten a los turistas ver los arrecifes de coral sin mojarse los pies. Más tarde me enteré de que lo suyo eran las apuestas. Fútbol, baloncesto, béisbol, carreras de galgos o de caballos; le traía sin cuidado.

Dickie no paraba de rascarse la piel del antebrazo y casi vuelca el ron que le acababan de servir.

—Me han dicho que hay una nueva Laka —murmuró tras mirar a un lado y a otro para asegurarse de que nadie estuviera escuchando.

—¿Una nueva Laka? —repetí extrañado porque no sabía a qué se refería. La única Laka que conocía era la de los cuentos, la diosa que trajo el *hula* a la isla. Todo el que baila *hula* le reza primero a Laka para que le conceda inspiración.

Dickie sacó un billete de cincuenta dólares del bolsillo de su camisa y me lo ofreció a hurtadillas. Quería que le permitiese pasar una noche con Laka. Estaba a punto de apostar una cantidad considerable de dinero y una noche con Laka le traería por fin la buena suerte que necesitaba. Dickie hablaba rápido y no paraba de moverse, como si hubiera metido los dedos dentro de un enchufe y sufriera continuas descargas eléctricas.

—¿Me estás tomando el pelo? —le reproché tras apartar la mano que me ofrecía el billete arrugado. Me imaginé que era la víctima de un programa de cámara oculta. Estaba seguro de que, de un momento a otro, comenzaría a oír risas enlatadas.

—¿Cincuenta dólares son poco? —Dickie rebuscó dentro del bolsillo de su pantalón y sacó otro billete—. ¿Cien dólares?

Sin dignarme a responderle, me bajé del taburete y hui lo más rápido que pude de aquel Cousteau de pacotilla.

Estúpido de mí, como me sentía el maldito amo de la barraca, no me lo pensé dos veces y me dirigí a la puerta por la que había visto desaparecer a Pulawa. Seis hombres jugaban al póker mientras Pulawa observaba la partida de pie. Una mesa tapizada de verde, montañas de fichas de colores, un trío de ases frente a una pareja de cincos. El perdedor, el fulano con la pareja de cincos, me miró con cara de pocos amigos a través de la nube de humo que despedía el puro que se estaba fumando.

—¿Quién cojones es? —le preguntó a Pulawa—. Sabes bien que no me gustan los desconocidos.

Me costó reconocer al policía que había investigado la desaparición de Aikane. Llevaba puesta una camisa estampada y la psoriasis de las mejillas se le había acentuado, quizás porque no parecía estar disfrutando de una buena racha con las cartas.

—No te preocupes, es de confianza —le tranquilizó Pulawa.

La tensión se disipó por suerte, pero Pulawa se aseguró más tarde de que aprendiera bien la lección. Me condujo a bandazos hasta un callejón con las paredes pintarrajeadas y me propinó un puñetazo con el brazo izquierdo. Un gancho directo al hígado. Brutal, certero.

Las piernas se me doblaron y caí al suelo. Me costaba respirar y sentí un dolor punzante donde Pulawa me había golpeado.

—Cuando te ordene que te estés quietecito, *pretty boy*, no te atrevas ni siquiera a pestañear.

Lección aprendida.

Yes, sir.

Bien aprendida.

Comenzó a caer una intensa lluvia y, a lo lejos, se oía el retumbar de los truenos. Cuando salí a trompicones del callejón, los barcos de la bahía se meneaban como las figuritas con forma de bailarina de *hula* que adornan los salpicaderos de algunos coches.

10

Esa misma mañana, tras dormir tres o cuatro horas, *uncle* Kekahuna me pidió que lo ayudara a tender la ropa. Toallas, varias sábanas y unos cuantos paños de cocina. La tormenta se había disipado y la brisa desparramaba a nuestro alrededor el olor a detergente y suavizante.

—¿Cómo te va con Pulawa? —me preguntó mientras aseguraba la funda de una almohada con unas pinzas. Se movía despacio, como un gigante de carnes fofas con camiseta de tirantes y bermudas. Las gotas de sudor hacían brillar el tatuaje que oscurecía su brazo. Un segundo tatuaje, un patrón de triángulos y escamas, le recorría la pierna izquierda desde la cadera hasta el tobillo.

Me estiré para colgar de la cuerda uno de los paños de cocina y el dolor que sentí hizo que me acordara del puñetazo de Pulawa.

—Podría ir mejor —me sinceré.

Su pregunta no había sido casual y supuse que estaría al tanto de lo ocurrido la noche anterior. A continuación, dejó caer las pinzas dentro del cesto de la ropa y me apretó con fuerza el hombro, con mucha fuerza. Estuve tentado de dar un paso atrás para relajar la presión, pero me contuve.

—Me gustaría que aprendieses cómo funciona el negocio —dijo.

—No creo que Pulawa quiera enseñarme.

—No te preocupes, hablaré con él.

Tras soltarme el hombro, se señaló el tatuaje que adornaba su bíceps.

—Sabes por qué tengo tatuada una tortuga, ¿verdad?

Asentí con la cabeza porque lo sabía bien. La tortuga, *honu*, era el guardián protector de los ancestros de *uncle* Kekahuna, su *'aumakua*. Había oído contar la historia muchas veces. El abuelo de *uncle* Kekahuna había sido un experto buceador. Su nombre era Ikaika. Durante una inmersión por la noche, cerca de Makako Bay, Ikaika se percató de la presencia amenazadora de un gran tiburón. El abuelo de *uncle* Kekahuna permaneció quieto, muy quieto, intentando no agitar las manos ni los pies mientras los dientes aserrados del animal se aproximaban cada vez más. De pronto, percibió una sombra que nadaba hacia él, una enorme tortuga verde. La tortuga consiguió espantar al tiburón y desapareció sin más seguida por un séquito de peces rayados que se afanaban por limpiar la alfombra de algas de su caparazón. Dos años después, de nuevo durante una inmersión, Ikaika se distrajo con la gran variedad de peces, mantas, pulpos, morenas, erizos, con el ocasional delfín curioso. Se distrajo tanto que no se dio cuenta de que la botella de oxígeno que llevaba a la espalda estaba casi vacía. Cuando subió a la superficie, no halló rastro alguno del barco ni de sus amigos. Su única posibilidad de salvación era intentar nadar hasta la lejana orilla. Entre brazada y brazada, exhausto, sin que la orilla pareciese estar más cerca, comenzó a rezar a sus ancestros, a los dioses. Entonces, de entre las oscuras montañas de coral, surgió la misma tortuga de la vez anterior. La tortuga empezó a nadar hacia la orilla e Ikaika, con sus fuerzas renovadas, solo tuvo que seguir al animal porque el mar, antes revuelto, estaba de repente calmo. Cuando apenas quedaban unas yardas para alcanzar las rocas de la orilla, la tortuga se dio la vuelta y regresó al océano.

—Debes ser merecedor de la protección de *honu* —añadió *uncle* Kekahuna.

—¿No me rechazará porque no soy tu hijo?

—Eres parte de esta familia, sangre o no sangre.

Cuando rebusqué dentro del cesto, solo quedaba una sábana y la colgamos entre los dos, una pinza a cada lado para evitar que la brisa se la llevase.

11

Tendríamos que haber asegurado la sábana con otras dos pinzas. Cuando poco después salí de nuevo al *lānai*, la brisa había arrastrado la sábana hasta el gallinero. Al tirar de ella, un gancho suelto de la alambrada rasgó la tela con un silbido que hizo que me rechinaran los dientes.

Decidí conducir hasta la playa, así que cogí una toalla y una nevera portátil con unas latas de cerveza. Un barco había encallado con la tormenta de la noche anterior y, como muchos de los que abarrotaban aquel día la playa, tenía curiosidad por verlo.

El barco estaba rodeado por unas cintas amarillas para evitar que la gente se subiera. Pese a eso, me acerqué lo más que pude para acariciar la pintura blanca del casco. Mis dedos barrieron la capa de salitre que cubría la superficie. Era un barco de motor de unos veinte pies de eslora. Leí el nombre con letras rojas: Hāhālua. Sabía que significaba «mantarraya». También sabía que el propietario era Dickie Kekoa. Dada la mala suerte que parecía perseguirle, supuse que no había encontrado a su Laka. Me pregunté cuánto costaría reparar el barco y devolverlo al mar. Seguro que unos cuantos miles de dólares.

Extendí la toalla, me senté y abrí una lata de cerveza. Mar adentro, un chorro marcó la presencia de una ballena y unos turistas sacaron las cámaras fotográficas con la esperanza de inmortalizar el momento. Muchas ballenas habían regresado a esas alturas del año a las aguas gélidas del norte, pero siempre quedaba alguna que otra rezagada.

—¿Me invitas a una cerveza? —dijo una voz a mi espalda.

Me giré sobresaltado. Quien había hablado era Lilinoe, con un bikini minúsculo.

—¿Qué haces aquí?

—Quedé con unas amigas. ¿Me invitas o no a una cerveza?

Lilinoe se sentó frente a mí con las piernas cruzadas, coqueta y sonriente.

De un tiempo para acá me sentía incómodo cada vez que me quedaba a solas con Lilinoe. Me resultaba imposible conciliar sus curvas adolescentes con la cría que corría desnuda por la casa gritando a pleno pulmón porque no quería que su madre la bañara.

Saqué una cerveza fría de la nevera y se la ofrecí.

—¿A ti también te gusta Aikane? —me preguntó mientras tiraba de la anilla de la lata.

—¿Por qué lo dices?

Lilinoe se mordió el labio inferior y me miró como si conociera todos mis secretos.

—¿Estás tan embobado con ella como Kimo?

—No —respondí con cierto hastío—, no me gusta Aikane ni estoy embobado con ella.

—Me alegro.

Bebí un trago de cerveza. Maldita Aikane. Pero sobre todo, maldita la boca de Lilinoe, tan húmeda, tan carnosa.

—Kimo se comporta como un Romeo que hubiera

perdido a su Julieta —añadió Lilinoe tras un incómodo silencio mientras dibujaba círculos de arena con el dedo gordo del pie—, pero Aikane no es ninguna Julieta.

No recuerdo bien de qué hablamos a continuación. Creo que Lilinoe mencionó de nuevo a Aikane. Estaba convencida de que se había marchado por voluntad propia.

—Te apuesto lo que quieras a que aparecerá dentro de poco con un marido rico.

Por mi parte, es posible que le preguntara por el instituto o por los estudios o por los profesores que también me habían dado clase a mí. Sea lo que fuere, recuerdo que no brillé precisamente por mis dotes de conversación. Por lo visto, podía engatusar a una *haole* sin ni siquiera hablar, pero no sabía cómo entretener a Lilinoe.

—¿Serías capaz de matar a alguien? —me dijo de sopetón.

—¿Cómo puedes preguntarme algo así? —exclamé cuando por fin pude parar de toser porque me había atragantado con la cerveza.

—¿Por qué serías capaz de matar?

Lilinoe esperaba mi respuesta con el rostro expectante. Por suerte, me salvaron sus amigas, que lucían una colección de bikinis de todos los colores. Se sentaron con nosotros y coparon de inmediato la conversación. Aliviado, me acabé la cerveza y me despedí. Sin embargo, antes de que pudiera escapar con la toalla y con la nevera portátil, Lilinoe me agarró del brazo.

—¿Serías capaz de matar por amor? —me susurró al oído.

—No digas estupideces.

Eché un último vistazo a la playa desde los escalones que conducían al aparcamiento. Lilinoe me lanzó un beso volado y siguió charlando con sus amigas.

Cuando regresé a casa, Kimo estaba viendo una película. Había colocado las piernas sobre la mesita con el mando a distancia y las revistas de cotilleos que tanto le gustaban a *auntie*. Me senté con él, pero tan pronto como lo hice, Kimo se levantó del sofá.

—Estarás contento, ¿no? —me reprochó.

—¿Por qué habría de estar contento?

—De reponedor de tornillos a lameculo de Pulawa. ¿Qué va a ser lo siguiente?

—Si no quieres que tu padre te deje de lado, lo único que tienes que hacer es olvidarte de Aikane de una maldita vez.

—No me digas lo que tengo que hacer.

Kimo me dio la espalda, se alejó con tres zancadas encolerizadas y desapareció por el pasillo.

No tuve tiempo de más porque, justo entonces, oí cómo Pulawa aparcaba su Mustang frente a casa y no quería hacerle esperar.

Quizás fuera la falta de sueño.

O el silencio obstinado de Pulawa.

O la carretera infinita hasta Kona, a un lado el océano, al otro las faldas del volcán Hualālai con sus lenguas de lava y, después de una curva, la silueta de un templo semiderruido.

Cerré los ojos y me dejé mecer por el ronroneo del Mustang. Seguía viendo la carretera tras los párpados cerrados, la línea discontinua del centro, los faros cegadores de los coches.

De pronto, aparecieron unas figuras fantasmagóricas, una procesión de lanzas y plumas, unas mujeres con el rostro translúcido. Una de las mujeres se detuvo delante de mí. Repetía sin cesar la misma palabra, sin emitir sonido alguno. Pero ahora sí que pude descifrar lo que decía.

Kai.

Mi nombre, una y otra vez.

Kai.

Kai.

—¡Despierta, *pretty boy*!

Un codazo me estampó contra la puerta del coche.

Dickie apareció cuando aparcamos el coche frente al segundo garito de esa noche. Estaba más flaco si cabe y su bigote se veía aún más espeso. Los menos de diez pasos que nos separaban de la entrada del tugurio le sirvieron para soltar una retahíla que, estoy convencido, había ensayado más de una vez delante del espejo.

—Una noche —suplicó con la camisa empapada de sudor—, una noche con la nueva Laka.

Por lo visto, había recibido un soplo acerca de la pelea entre Nery y Chen: Nery iba a ganar antes del cuarto asalto.

—La apuesta se está pagando diez a uno —dijo mientras gesticulaba de forma excesiva con las manos. Tres bolas de colores y podría haberse ganado la vida como malabarista.

—Se está pagando diez a uno porque es imposible que gane Nery —replicó Pulawa—. A Chen le va a bastar con enganchar un buen directo para dejar fuera de combate a Nery.

Dickie negó con la cabeza. El soplo era de fiar, según él. Iba a apostar todo su dinero, pero no quería arriesgarse. Incluso los buenos soplos conllevaban un riesgo.

—Una noche —repitió de nuevo, la cara roja porque apenas había respirado entre palabra y palabra.

Pulawa extendió el brazo para empujar la puerta de entrada al garito.

—¿Con qué dinero vas a pagar la noche, con el que te va a costar remontar el barco?

—Una noche con la nueva Laka me traerá la buena suerte que necesito —se apresuró a responder Dickie—. Tengo pensado apostar dos mil dólares. Cuando Nery gane antes del cuarto asalto, porque así será, multiplicaré por diez la inversión y devolveré con creces el dinero que cueste la noche.

—No hago negocios con perdedores.

—Necesito unos diez mil dólares para reparar el barco —se lamentó Dickie—. Esta es la única forma que sé de conseguir tanto dinero.

—Lárgate o te parto la cara —le amenazó Pulawa.

Seguí a Pulawa hasta el interior del local, pero Dickie no tenía intención de rendirse.

—Una hora al menos, solo una hora —gritó a nuestras espaldas—. ¿Cuánto me costaría una hora con la nueva Laka?

Dickie se atrevió incluso a sujetar a Pulawa del brazo, un David esmirriado sin ninguna posibilidad de vencer a Goliat.

Un matón con la cara picada por la viruela agarró a Dickie por debajo de los sobacos y lo arrastró fuera del tugurio de malas maneras.

He de reconocer que, esta vez, las palabras de Dickie me intrigaron. ¿La nueva Laka?

—¿Dónde vas, *pretty boy*?

Por inercia, me había dirigido a la barra y estaba a punto de pedir algo de beber.

—No te separes de mí —me ordenó Pulawa—. Observa y escucha, pero no se te ocurra abrir la boca.

Me bajé de inmediato del taburete.

Le di las gracias mentalmente a *uncle* Kekahuna y me deleité con el gesto contrariado de Pulawa, el de quien se lleva una jarra a los labios pensando que contiene cerveza y acaba bebiendo pis caliente.

14

El siguiente fin de semana, Kimo se dignó a hablar conmigo de nuevo, pero juro que hubiera preferido que continuase ignorándome.

—¿Te acuerdas del fulano con el que me peleé la noche que desapareció Aikane? —dijo—. Después de arrearle el segundo puñetazo, me confesó que había intentado reclutarla. El cabrón me soltó que siempre andan buscando chicas nuevas.

—¿Pretendes que nos recorramos todos los prostíbulos de la isla?

—Solo los que pertenecen a Naone —aclaró.

—¿Naone? Tu padre nos ha ordenado que no nos volvamos a enemistar con él.

Kimo se limitó a sonreír con malicia como cuando, de pequeño, trepaba a una silla para alcanzar el paquete de galletas que su madre había escondido.

Sabía que su plan nos iba a acarrear más de un problema, pero accedí de todas formas no sin cierta reticencia y, esa noche, le di esquinazo a Pulawa. «Debes cuidar de tus dos nuevos hermanos», me había dicho *auntie* cuando su marido me trajo a casa con cinco años, con mugre detrás de las orejas y la ropa oliendo a la porquería acumulada dentro del contenedor de basura. Lo primero que hizo Kimo cuando su madre nos dejó solos fue tirarme al suelo de un empujón y huir corriendo. Lilinoe, por su parte, se acostó a mi lado y me besó la frente. «Sabes a chocolate», me susurró al oído. Supongo que lo diría porque había estado comiendo unos bombones.

Eran cerca de las dos de la mañana y el club de alterne estaba a rebosar de clientes. Música estridente, luces de neón y manos pegajosas que buscaban las carnes de las mujeres que se paseaban casi desnudas entre las mesas. Seguí a Kimo por el suelo cuadriculado de la pista de baile. Una gigantesca bola de discoteca colgaba del techo y una chica con el culo celulítico bailaba sujeta a una barra.

Ninguna de las chicas era Aikane. No era la chica de la barra. Ni las chicas que se movían entre los clientes con los labios repintados y los pechos de silicona.

—No creo que Aikane esté aquí —le grité al oído a Kimo para que me pudiera oír por encima de la música—. Vámonos antes de que la liemos.

Kimo no me hizo caso y se encaminó a las habitaciones de la parte de atrás.

—No podéis entrar ahí —aulló un hombre a mi espalda cuando corrí detrás de Kimo—. Se trata de una zona privada.

Sin el lustre de las luces de neón, la parte de atrás tenía un aspecto rancio. El papel geométrico de las paredes estaba descascarillado y la moqueta era una procesión de manchurrones y quemaduras de cigarrillos.

Kimo abrió una tras otra las puertas de las habitaciones. Tras las puertas surgieron gritos, cuerpos desnudos y el olor a cloro del semen.

De nuevo, ninguna de las chicas era Aikane.

Sentí cómo alguien me agarraba por el cuello de la camiseta y me encontré cara a cara con una nariz chata y una fila de dientes amarillos. Otro hombre golpeó a Kimo con un bate de béisbol. Kimo cayó al suelo con un gemido de dolor y se protegió el estómago con los brazos mientras le seguían apaleando sin parar.

Más gritos y más cuerpos desnudos.

Nos arrastraron hasta la puerta trasera del local y nos lanzaron al callejón como si fuéramos meras bolsas de basura.

Dos días después, Kimo desapareció con la recaudación de la noche anterior. Cerca de treinta mil dólares. Encontré la bolsa de gimnasio azul escondida debajo de su cama. Estaba vacía. El enfado de *uncle* Kekahuna fue tal que sus gritos podían oírse de una esquina a otra del barrio.

—Quiero que encuentres a Kimo como sea —me ordenó. Se le habían tensado tanto los tendones del cuello que parecían estar a punto de romperse por la mitad, como si no fueran más que las cuerdas de un ukelele.

Cogí las llaves de mi Pontiac y me dirigí al aeropuerto. ¿Acaso no había dicho Kimo más de una vez que seguiría a Aikane hasta el fin del mundo?

Tras la hecatombe del club de alterne, *uncle* Kekahuna nos había abofeteado a los dos con la mano bien abierta y nos había obligado a ponernos de rodillas. Temí incluso que nos azotara con el cinturón. Nunca lo había hecho antes, pero sabía que Naone no nos iba a perdonar esta vez con tanta facilidad. Su territorio era *kapu*, estaba prohibido. Nos merecíamos unos buenos azotes, sí señor. Por suerte, *uncle* Kekahuna se limitó a dejarnos de rodillas el resto de la mañana. Luego, vi a Kimo realizar varias llamadas telefónicas. Billetes de avión y demás. Por eso, cuando desapareció, deduje que su intención era coger el primer avión al continente y perseguir a Aikane hasta el mismísimo infierno.

Aparqué donde pude y corrí hasta la terminal de salidas.

El aeropuerto era un caos de taxis de color negro, coches de alquiler y maletas con exceso de peso. Kimo hacía cola frente a uno de los mostradores. Era el único elemento discordante de una larga fila de turistas con la piel enrojecida y aún con restos de bronceador.

Me detuve de pronto, indeciso. Me quedé observando durante varios segundos la espalda de Kimo. Si hubiera llegado al aeropuerto cinco minutos más tarde, Kimo habría tenido tiempo de cruzar el control de seguridad y desaparecer. Con un simple atasco a la entrada del aeropuerto, como suele ser habitual, habría llegado demasiado tarde. Cinco minutos, lo que dura un corte publicitario. El anuncio del perfume con la mejor fragancia, del coche más sofisticado del momento, del detergente que acaba con todas las manchas. *Five minutes and goodbye.*

Dar los siguientes pasos me supuso un esfuerzo descomunal. El calor era abrasador, pero de repente sentí frío. Cerré con fuerza los puños y me obligué a avanzar. Cuando llegué a su altura, lo agarré por la camiseta y lo arrastré fuera de la cola de turistas. Más de una vez, Kimo hizo el amago de zafarse de mí hasta el punto de que casi se le desgarra la camiseta. Las miradas curiosas de los *haoles* nos siguieron hasta que conseguí abrir la puerta del coche y lanzar a Kimo dentro como si se tratase de una maleta.

—¿Cuándo vas a dejar de ser el perro faldero de mi padre? —me espetó cuando aceleré. Su cabeza casi choca con el salpicadero y se apresuró a ponerse el cinturón de seguridad.

Ni siquiera intenté negar su acusación.

Durante el recorrido de vuelta a Waimea, Kimo no me dirigió ni una palabra. No me volvió a hablar aquel día, ni al día siguiente ni a la semana siguiente.

Cuando devolví a Kimo a su casa, el hijo pródigo, con el dinero y las cuatro camisetas arrugadas que había metido dentro de una mochila, lo primero que hizo *uncle* Kekahuna fue dar dos pasos de gigante hacia donde su hijo esperaba de pie y asestarle tal puñetazo que lo tiró al suelo. Entre lloros, *auntie* se arrodilló al lado de Kimo y, con el delantal que llevaba puesto, le limpió la sangre que le brotaba del labio inferior.

—¿Entiendes por qué solo puedo contar contigo, Kai? —masculló *uncle* Kekahuna entre dientes mientras me sujetaba por los hombros—. No me defraudes.

Asentí con la cabeza porque no podía articular palabra alguna. Al fin y al cabo, no era más que su perro faldero, como había dicho Kimo.

15

Esta vez sí, el fin de la guerra fría, de nuevo las pistolas, los revólveres e incluso alguna que otra navaja. Por culpa de Kimo. Por culpa mía por haberme dejado convencer. Porque Naone podría perdonar una ofensa, pero no dos. ¿Guerra caliente es lo contrario de guerra fría? De veras, no tengo ni idea. Las primeras consecuencias: *uncle* Kekahuna prohibió a Kimo salir de casa y debíamos asegurarnos de ir siempre acompañados cuando transportásemos cualquier cantidad de dinero.

Una noche fue Dickie quien la lio, quien propició que viera de nuevo a Aikane. ¿Acaso creía que Aikane iba a desaparecer así por las buenas? A eso de las cuatro o cinco de la mañana nos avisaron de un altercado y Pulawa condujo cerca de media hora por una carretera flanqueada por cafetales. El croar de las ranas se filtraba por los conductos del aire acondicionado y los insectos, atraídos por los faros del coche, se estampaban contra el parabrisas.

Pulawa aparcó delante de una casona semioculta por plataneras y algún que otro aguacatero. Una buganvilla con flores de color magenta trepaba por las columnas del porche. Al canto de las ranas se sumaron los gritos de un hombre que aporreaba sin cesar la puerta principal.

—¿Qué cojones pretende lograr así? —maldijo Pulawa cuando reconoció a Dickie.

Pulawa se bajó del coche con el rostro crispado y corrió como un toro bravo hacia donde estaba el hombre flacucho. Un puñetazo, dos, tres. Dickie cayó al suelo con la nariz rota y una ceja ensangrentada. Se abrió entonces la puerta y, del interior apenas iluminado por una lámpara de pie, surgió Aikane. No tuve tiempo de reaccionar. Mientras Pulawa arrastraba al inconsciente Dickie hasta el coche, Aikane se acercó a mí trayendo consigo el aroma del café recién tostado.

—Tu madre quiere hablar contigo—me susurró al oído, el aliento cálido.

Sin ofrecerme ninguna otra aclaración, se dio la vuelta y cerró la puerta antes de que pudiera siquiera parpadear. Solo conseguí moverme cuando Pulawa me gritó airado que me diera prisa porque debíamos regresar a Kona lo más pronto posible.

Cuando me dirigía al coche, un gato de color gris se enredó entre mis pies. Trastabillé y estuve a punto de caerme al suelo. Antes de escabullirse y desaparecer, el animal me miró durante unos segundos con las pupilas redondas como dos galletas de chocolate.

—¿Cómo es que Aikane está aquí? —le dije a Pulawa mientras me abrochaba el cinturón de seguridad.

—No me preguntes a mí, pregúntaselo mejor al patrón —me silenció Pulawa tras pisar el acelerador del Mustang.

La misteriosa Aikane que, según los rumores, se comunicaba con los muertos. La nueva Laka que tanto obsesionaba a Dickie, como descubrí más adelante. Esa misma Aikane había dicho que mi madre quería hablar conmigo.

Cuando llegué a casa, *uncle* Kekahuna se estaba afeitando.

Tenía todavía la mitad del rostro embadurnada con jabón.

—Sé dónde se esconde Aikane —le confesé.

El locutor de la radio anunciaba cielos poco nubosos con temperaturas rondando los noventa grados Fahrenheit. No obtuve ninguna respuesta hasta que el locutor dio paso a la publicidad.

—Ni una palabra a nadie —dijo por fin *uncle* Kekahuna mientras golpeaba la maquinilla de afeitar contra el borde del lavabo—. Quiero que siga siendo el secreto mejor guardado de la isla.

—¿Por qué?

—Solo tienes que saber que ella sola es más rentable que el resto del negocio junto.

—¿Por qué lo del paripé de la desaparición?

—Sobre todo por Kimo. ¿Piensas acaso que no sé que está embobado con ella? Mejor que crea que se ha largado.

Unas horas después, acostado bocarriba y con la sábana apartada a un lado porque el calor era agobiante, sentí como si dos fuertes manos me estuvieran presionando el pecho. Intenté moverme, pero me fue imposible. Un olor a putrefacción invadió el dormitorio. Oí tambores, caracolas, pasos. Creí ver una procesión de figuras humanas que partía del armario y atravesaba la habitación hasta desaparecer por la pared opuesta. Con cada paso de aquellas sombras espectrales, mi pecho se hundía un poco más.

Me desperté con un grito aterrador.

—¿Qué coño te pasa? —me preguntó Kimo desde su cama. Tenía una pelota de tenis y la lanzó al aire. La pelota golpeó el techo con un ruido seco.

Me cubrí por completo con la sábana y le di la espalda sin darle ninguna explicación.

La pelota continuó golpeando el techo sin que fuera capaz de conciliar de nuevo el sueño.

16

Se llamara guerra caliente o no, las órdenes de *uncle* Kekahuna también incumbían a Lilinoe. Por la tarde, a la salida del instituto, debía encargarme de recoger a Lilinoe. No era sino uno más de la infinita cola de coches conducidos por padres impacientes que vigilaban el goteo incesante de adolescentes. Gritos, mochilas y acné.

Lilinoe surgió por el portón del colegio con unos pantalones cortos de color rojo escarlata, como las manzanas maduras. Estaba seguro de haberla visto antes con esos mismos pantalones, pero no sé por qué misteriosa razón, parecían haber encogido y apenas le cubrían la parte inferior de las nalgas.

—¿Te permiten ir vestida así a clase? —le pregunté nada más subirse al coche.

—No me digas que te has puesto de acuerdo con mamá para controlar cómo me visto. —Lilinoe me regaló una sonrisa despectiva mientras se abrochaba el cinturón de seguridad.

Pronto nos engulló el ajetreo del pueblo. Había coches, camiones y furgonetas de reparto por doquier. Pasamos por delante del banco, del supermercado, del hospital, de la ferretería donde solía trabajar. Un tipo con la camiseta naranja propia de los empleados de la ferretería arrastraba una fila de carros y me pregunté si sería mi sustituto. Ese día soplaban los vientos alisios y más de una gota de lluvia salpicaba el parabrisas. Los isleños cuentan con cientos de nombres para denominar los diferentes tipos de lluvia. Con estos nombres, distinguen la lluvia por su color, intensidad y duración, por el ángulo con el que caen las gotas, por el momento del día, la estación del año. La lluvia que aquella tarde empapaba con docilidad el parabrisas se llama *mālana*, o al menos ese era el nombre que le daba *auntie*. Era una lluvia fina y ligera que venía del noreste transportada por los vientos alisios.

—¿Crees que habla realmente con los muertos?

Estaba esperando a que el semáforo cambiase de color y vocalicé sin apenas darme cuenta la pregunta que me obsesionaba desde mi encuentro con Aikane.

—¿Quién?

—Aikane —respondí.

El semáforo se puso verde y giré a la izquierda. Un grupo de manifestantes nos saludó desde la acera. Intenté leer los carteles que portaban, pero no me dio tiempo. Supuse que serían lemas a favor de uno de los candidatos a gobernador.

—¿Crees que los rumores son ciertos? —insistí ante el silencio tozudo de Lilinoe.

Por el rabillo del ojo, me percaté de que Lilinoe miraba con obstinación hacia delante, la espalda recta, la barbilla alta. Sus dedos jugaban con la cremallera de su mochila.

No me atreví a repetir la pregunta.

—¿Somos una familia de verdad? —dijo Lilinoe después de un rato—. ¿Mamá, papá, Kimo, tú y yo?

—Por supuesto que somos una familia de verdad.

—¿Qué somos entonces? ¿Tú y yo? ¿Hermanos?

—Quiero pensar que sí.

Habíamos llegado por fin a casa y aparqué junto a la camioneta de *uncle* Kekahuna.

—¿Cómo puedes ser tan guapo y a la vez tan estúpido? —masculló Lilinoe con el gesto contrariado antes de salir del coche—. Nunca seré tu hermana.

Sin saber de qué manera reaccionar y con la boca abierta igual que la de una muñeca hinchable, solo pude seguir con la mirada cómo se alejaba, cómo sus pantalones cortos ceñían primero una nalga y, luego, la otra.

Me bajé también del coche y cerré la puerta con más fuerza de la debida.

Quise correr detrás de ella y exigirle una explicación, pero me contuve cuando me di cuenta de que *uncle* Kekahuna nos saludaba desde el porche. La mecedora donde estaba sentado crujía cada vez que se balanceaba; un botellín de cerveza descansaba a sus pies. Con un gesto, nos indicó que nos acercásemos. Cogió primero mi mano derecha. Después, la mano izquierda de Lilinoe. Las unió, arropadas ambas por sus dedos gordos.

—Me gusta veros juntos —dijo con una sonrisa de aprobación.

Lilinoe dejó escapar un resoplido, se deshizo del apretón de su padre y huyó del porche con pasos rápidos.

17

Desde mi encuentro con Aikane, no conseguía dormir bien.
Me acostaba cada mañana con la luz del crepúsculo oliendo a
alcohol, a tabaco, a la tiza de las mesas de billar. Me iba a la
cama sin haber logrado convencer a Pulawa de que regresá-
semos a la casona. Por más que insistiera, Pulawa se limitaba a
silenciarme con la mirada y a amenazarme con el puño. Lo
peor de todo era que, nada más apagar la lámpara de la mesilla
de noche, aparecían de nuevo los caminantes nocturnos.
Evitaba a toda costa abrir los ojos hasta que dejaba de oír sus
pasos y se desvanecía el olor a putrefacción.

Una tarde, cuando salía del supermercado cargado con seis
latas de cerveza, Crazy Pahupu me agarró del brazo. La piel de
la palma de su mano era áspera como la corteza de un árbol.

—También los has visto, ¿verdad? —balbució el mendigo.
Del cuello le colgaba un collar y, por primera vez, me di
cuenta de que estaba hecho con lo que parecían dientes
humanos.

No me quedé el tiempo suficiente para averiguar si se
refería a los caminantes nocturnos o a los tantos del último
partido de fútbol.

Corrí hasta el coche y, cuando estaba abriendo la puerta, una camioneta aparcó al lado. Del interior salió un hombre con una barba de chivo. Reconocí de inmediato al encargado de la ferretería.

—Te echamos de menos —dijo Randy saludándome con un apretón de manos—. Si algún día decides volver a trabajar con nosotros, solo tienes que decírmelo. Siempre estamos necesitados de un buen empleado.

El encargado de la ferretería se encaminó al supermercado, pero no se había alejado ni dos pasos cuando se giró.

—Por cierto, ¿dónde estás trabajando ahora?

Hice como si no hubiese oído su pregunta y me escondí dentro del coche. Estuve tentado de abrir una de las latas de cerveza, pero me contuve porque tenía que ir a buscar a Lilinoe a la salida del instituto.

Lilinoe había dejado de hablarme. Cuando se subía al coche, musitaba apenas un saludo antes de pegar la frente a la ventanilla. De nuevo se mostraba como la cría de cinco años que se enfadaba porque no le permitían comer golosinas. Si he de ser sincero, prefería que se comportara así, como una cría. Porque tras recogerla una tarde, Lilinoe aprovechó un atasco a la altura de la oficina de correos para inclinarse hacia mí y su rostro quedó tan cerca del mío que, durante unos segundos, respiramos el mismo aire. De veras, prefería mil veces a la cría enfurruñada que se negaba a salir de su cuarto hasta que no le compraran un paquete de gominolas.

Mi relación con el resto de la familia era igual de tensa. Kimo me rehuía como a un apestado, como si padeciese una enfermedad que pudiera contagiarse con solo compartir la misma habitación. Los ojos de *auntie*, por su parte, destilaban preocupación cada vez que nuestras miradas se cruzaban. Como hizo después de mi primer encuentro con los caminantes nocturnos, todos los días me agarraba la cabeza con las manos y canturreaba una plegaria a los dioses. Con *uncle* Kekahuna no había ningún problema, pero estaba cansado de que me recordara una y otra vez que debía comportarme como un soldado, siempre vigilante. *Yes, sir.*

Había decidido ir por mi cuenta a hablar con Aikane, sin importarme las consecuencias, cuando Pulawa me dio las llaves de su Mustang y me ordenó que llevara a un *haole* a la casona. Conducir hasta la casona donde había visto a Aikane, esperar junto al coche y regresar de inmediato a Kona. Esas eran mis instrucciones.

Pulawa miró su reloj de pulsera. Era cerca de medianoche.

—Quiero que estés de vuelta dentro de dos horas.

—¿Nos dedicamos ahora también a la prostitución? —me atreví a preguntar con retintín.

—¿Algún problema, *pretty boy*?

Negué con la cabeza.

Pulawa asintió satisfecho antes de desaparecer por la puerta entreabierta del Copacabana.

El *haole* iba vestido con traje y corbata, el pelo rojizo, la cara pecosa, medio frasco de colonia, si no uno completo. Ocupó la parte derecha del asiento trasero del coche y fingió no oírme cuando le pedí que se abrochara el cinturón de seguridad.

La casona nos recibió con un intenso olor a hierba mojada y con el incesante croar de las ranas. Nada más salir del coche, el *haole* se golpeó el cuello con la mano abierta y deseé con todas mis fuerzas que los mosquitos acribillaran su rostro paliducho. Seguí sus pasos hacia la casona, pero se detuvo un momento, me miró de soslayo y me indicó con la cabeza que me quedase donde estaba.

La puerta principal de la casona se abrió y la oscuridad del interior engulló al *haole* con su pelo rojizo.

Unos minutos después, me acerqué a la puerta. Por

supuesto, estaba cerrada con llave. Recorrí el exterior de la casona, inspeccioné la puerta de atrás, las ventanas. Terminé por rendirme y me dispuse a esperar bajo la protección del porche.

Caía una lluvia fina y el ambiente rezumaba tanta humedad que bien podía haberme crecido musgo entre los dedos de los pies. Aburrido, jugué a identificar los diferentes sonidos de la noche. Además del croar de las ranas, distinguí el canto de unos grillos, el gorjeo de alguna que otra ave nocturna y el zumbido de los insectos.

Transcurrida una hora, oí pasos y el quejido de la puerta al abrirse de nuevo. Con rapidez, empujé con el codo al *haole* y me colé dentro de la casona. La luz de la lámpara de pie me permitió entrever unos pesados muebles de madera adornados con unos ostentosos jarrones de porcelana, un gigantesco espejo con el marco dorado y una escalinata que trepaba hasta la segunda planta.

Aikane llevaba puesto un vestido ajustado y se estaba retocando el maquillaje delante del espejo. La agarré por la muñeca y tiré de ella con la intención de arrastrarla hasta el coche y quién sabe, quizás conducir hasta dondequiera que estuviese Kimo, ofrecerle la mano de Aikane y desearles que fueran felices y comieran perdices.

Aikane consiguió zafarse de mí.

—No necesito que me rescates —dijo antes de romper a reír.

Aturdido. Así era como me sentí, como si me hubieran disparado con una pistola eléctrica de cincuenta mil voltios. Cuando se apagó el eco de sus carcajadas, me contó que había querido largarse lejos, muy lejos, al continente o incluso a otro país, pero que *uncle* Kekahuna le ofreció la posibilidad de quedarse y ganar mucho dinero.

—Estoy aquí por voluntad propia —aclaró.

—¿Acaso no te importa que tu familia no sepa dónde estás? —le pregunté.

—No te dejes engañar por ellos. Lo único que echarán de menos es el dinero que llevaba a casa.

—¿Y Kimo?

—Kimo no me es nada, ¿por qué habría de importarme lo que piense? —replicó con sequedad. Estoy convencido, no obstante, de que sus ojos dudaron antes de contestar. ¿O fue mi propia imaginación?

Coqueta, Aikane me acarició los labios con la yema del dedo índice.

—Si quieres que siga respondiendo tus preguntas, compra mi tiempo, como los demás —musitó mientras señalaba con la cabeza al *haole* que esperaba fuera con el ceño arrugado.

—¿Por qué iba a querer comprar tu tiempo?

—Porque tu madre desea hablar contigo.

—Mi madre está muerta.

—Claro que está muerta —dijo Aikane con una sonrisa que no suavizó la frialdad de su mirada—. No me digas que no quieres deshacerte de los caminantes nocturnos.

—¿Qué tiene que ver mi madre con los caminantes nocturnos?

—No seas estúpido —se burló de mí—. Tu madre es uno de ellos.

Aikane me guiñó un ojo y comenzó a subir despacio la escalinata. Con cada escalón, el borde de su vestido iba trepando un poco más por la exuberancia de sus muslos.

—Cierra la puerta antes de irte —se despidió desde lo alto de las escaleras sin ni siquiera volverse.

18

—¿Cuánto pagaste? —le pregunté al *haole* mientras conducía de vuelta a Kona.

—¿Cuánto pagué por qué?

Giré el espejo retrovisor para ver su rostro pecoso. Dos picaduras de mosquito le adornaban la mejilla, cada vez más rojizas, más inflamadas.

—Por la chica.

—Cinco mil dólares.

—¿Cinco mil dólares? —repetí incrédulo.

—La chica vale cada dólar —sentenció el *haole* con una sonrisa complaciente antes de repantigarse aún más y cerrar los ojos.

¿De dónde iba a sacar cinco mil dólares? Porque si de una cosa estaba seguro, era de que necesitaba hablar de nuevo con Aikane.

Eran alrededor de las dos de la mañana cuando aparqué unas calles más allá del Copacabana. El *haole*, que se había quedado dormido, no se despertó hasta que apagué el motor y se despidió con una mísera propina. Un billete de un dólar.

Deseé con todas mis fuerzas que le acribillasen todos los mosquitos del mundo.

Me encaminé deprisa al Copacabana. La luz de una de las farolas parpadeaba y acabó por fundirse cuando pasé por debajo.

—Buenas noches, *beautiful* —dijo una voz detrás de mí.

Me giré sobresaltado.

La farola fundida se encendió de pronto e hizo brillar la dentadura dorada de Kalani.

Se me congelaron los músculos del cuerpo, la sangre que circulaba por mis venas se solidificó, mis pulmones se vaciaron de aire.

El guardaespaldas de Naone se acercó tanto que su rostro cuajado de cicatrices quedó a pocas pulgadas del mío. Me imaginé una serpiente de más de seis pies abalanzándose sobre su presa. ¿Sentiría la misma sensación de parálisis el ratón o el conejo a punto de ser engullido por las fauces del reptil?

—Te invito a una copa —me susurró. Su aliento a alcohol me obligó a arrugar la nariz—. A una copa y a lo que se preste.

Cuando conseguí por fin que me respondieran las piernas, me di la vuelta y eché a correr.

—Un día de estos no podrás escapar de mí, *beautiful* — gritó Kalani.

Corrí casi ciego perseguido por las carcajadas de Kalani y creo que tropecé con alguien. Crucé una calle y un coche se vio obligado a frenar de sopetón. Corrí hasta que logré alcanzar la protección del cartel luminoso del Copacabana.

19

Esa misma mañana, cuando llegué a casa, me di de bruces con la actitud desdeñosa de Kimo. La gota que colmó el vaso. Kimo estaba lijando el casco de la vieja lancha motora y pretendió no verme cuando me acerqué para saludarle. Me sentí desbordado por una infinidad de motivos: por haber corrido cagado de miedo tras toparme con Kalani; por las apariciones de los caminantes nocturnos; por las misteriosas palabras de Aikane; por los cinco mil dólares; incluso por el hecho de que Kimo estuviera intentando reparar una lancha que todo el mundo daba por perdida.

Nada más desaparecer Pulawa por la puerta de la cocina, corrí hacia donde estaba la lancha y embestí a Kimo con el hombro. Kimo cayó al suelo de espaldas y me senté a horcajadas sobre su pecho. Con una mano lo agarré del collar de conchas y, con la otra, le propiné un puñetazo tras otro. Mi puño golpeaba sin concesión su rostro. El collar se rompió y las diminutas conchas quedaron esparcidas sobre el césped. Después del quinto o del sexto golpe, me detuve. Como ocurrió el día de la playa, cuando de pequeños nadamos mar adentro y dejé que me ganara, me obligué a relajar los músculos de las piernas para que Kimo pudiera zafarse de mí. Kimo se levantó con un bramido. Aturdido al principio, se recuperó enseguida y me pegó una patada. Me protegí la cabeza con los brazos y permití que continuara pateándome. Hasta que el propio Kimo se dejó caer al suelo y permanecimos unos segundos inmóviles. Con el cuerpo hecho una bola, no me sentía con fuerzas ni de respirar.

Conseguí por fin estirarme a pesar del dolor y me quedé tendido bocarriba. Los vientos alisios empujaban sin misericordia las nubes y pronto el cielo se cubriría por completo. Recuerdo también, no sé por qué razón, que la hierba estaba húmeda. El rocío de la mañana, supongo.

—¿Me prestas dinero? —le pregunté de sopetón.

Kimo intentó reírse, pero solo logró emitir un par de quejidos. Con una mano, se limpió la sangre que le manaba del labio.

—Primero me traicionas y ahora me pides dinero. ¿Cuánto necesitas?

—Cinco mil dólares —confesé.

—Me haría falta una vida entera para ahorrar tanto dinero.

Cerré los ojos y me dejé arrullar por la hierba húmeda, por el viento y por el piar de las gallinas.

—¿Crees que *uncle* Kekahuna me prestaría el dinero?

—No antes de que se congele el infierno.

—Por desgracia, no puedo esperar tanto tiempo.

Transcurridos unos minutos, Kimo se puso de pie no sin cierta dificultad.

—Tendrías que haberme dejado ganar el otro día —dijo mientras me ofrecía una mano. Quise esconder la cabeza y recuperar la posición fetal de antes, pero me obligué a aceptar la mano que me tendía.

—¿El otro día? —dije tras levantarme, aunque sabía de sobra que se refería al día del aeropuerto.

—Tendrías que haberme dejado ganar como haces siempre.

Kimo se agachó para recoger las conchas del collar, que estaban esparcidas a nuestro alrededor.

—¿Por qué estás lijando la lancha tan temprano? —le pregunté después de una pausa porque me sentía incómodo por el curso que estaba tomando la conversación.

—No podía dormir. No es que vea fantasmas como tú, pero a veces me cuesta conciliar el sueño.

—No veo fantasmas —le corregí.

—El otro día estaba a tu lado cuando te despertaste gritando. Por supuesto que ves fantasmas. Otra cosa es que sean reales.

Me limité a encogerme de hombros antes de encaminarme a la cocina. Me dolía todo el cuerpo con cada paso que daba.

—¿No vienes a desayunar? —dije porque Kimo se había quedado atrás.

—Primero quiero acabar con esto —respondió mientras recorría el casco de la lancha con una mano.

Esa mañana, *auntie* estaba preparando *pancakes*. Me rugieron las tripas con el olor de la masa de harina, leche y huevos.

Me senté a la mesa y enseguida fueron llegando los demás chicos: Otake, Leota y Ryder, con el ojo vendado. A Ryder le acababan de dar el alta. Con los dientes ennegrecidos y el ojo vendado, parecía el pirata de una película con galeones y tesoros escondidos.

Mientras *auntie* batía la masa, *uncle* Kekahuna pelaba con esmero una papaya. Al cabo de un rato, Lilinoe entró como un torbellino. Le dio un beso a su madre. Otro a su padre. Y como si se hubiera olvidado de que su único objetivo de los últimos días era no dirigirme la palabra, me rodeó el cuello con los brazos y me besó la mejilla. Un beso cálido, húmedo, tan cerca de la comisura de los labios que apenas pude reprimir la urgencia de mover la cabeza una centésima de pulgada y apoderarme por completo de su boca.

Ocurrió justo entonces. La mesa comenzó a temblar. Los platos, los vasos, los cubiertos. Temblaron las sillas, los cristales de las ventanas, las sartenes al fuego. Los perros de los vecinos se pusieron a ladrar. El temblor hizo que mis labios se desplazaran una centésima de pulgada y rozaran la boca carnosa de Lilinoe. Tembló mi cuerpo y temblaron los brazos de Lilinoe, que aún me rodeaban el cuello cuando nuestros labios se encontraron.

Lilinoe separó de inmediato su boca de la mía y fue como si me hubiesen amputado un brazo o una pierna.

—Un terremoto, ¿verdad? —exclamó con una sonrisa pícara. Hubiera jurado que lo había planeado todo, incluso el terremoto.

El temblor apenas había durado unos segundos. Otake recordó el gran terremoto de hacía ocho años. Casas con fisuras, ventanas rotas y tuberías agrietadas. El ala sur de uno de los hoteles de Waikoloa se había desplomado y hubo que evacuar a los turistas.

—Ese terremoto fue cien veces más intenso —comentó alguien, a lo mejor Leota.

Quizás aquel terremoto hubiera sido cien veces más intenso, pero quién lo diría. Se me había acelerado el pulso y me sudaban las manos. Por el rabillo del ojo, me di cuenta de que Lilinoe me buscaba con la mirada. Bajé la cabeza con la terquedad de un burro y me puse a jugar con los cubiertos.

Los chicos continuaron hablando de terremotos mientras *auntie* servía los *pancakes*. No se ponían de acuerdo. Algunos afirmaban que el terremoto que acabábamos de sentir debía ser al menos de magnitud cinco, otros aseguraban que había sido más débil. Por su parte, *uncle* Kekahuna recordó el terremoto de magnitud siete que hizo temblar la isla cuando era niño, con olas de cerca de cincuenta pies que arrasaron la costa este. Dos muertos y decenas de heridos.

Kimo entró cuando la montaña de *pancakes* casi había desaparecido. Su madre soltó un grito al percatarse de que su hijo tenía un párpado hinchado.

—¿Qué te ha pasado? —le preguntó mientras estiraba un brazo con la intención de tocarle la mejilla.

—No es nada. —Kimo apartó la cara y se sentó.

La discusión acerca de los terremotos se había agotado y Otake le estaba contando a *uncle* Kekahuna que el restaurante iba a ser sometido a una auditoría.

—¿Crees que habrá algún problema con los libros? —preguntó *uncle* Kekahuna.

—No hay de qué preocuparse. —Otake vertió más sirope sobre el *pancake* que se estaba comiendo—. Hablé con Ching y lo tiene todo bajo control.

Todos sabíamos que Reid Ching, el contable, no permitiría que algo así se le escapara de las manos. Saldado el asunto del restaurante, *uncle* Kekahuna giró la cabeza hacia donde estaba sentado Kimo.

—Quiero que, a partir de ahora, acompañes a Ryder a repartir el dinero por las mañanas —le ordenó a su hijo—. Nada de robarme esta vez.

—¿Acaso no tienes a Kai para que te haga el trabajo sucio? —Kimo echó la silla hacia atrás y se levantó.

Con el rostro desencajado, *uncle* Kekahuna golpeó la mesa con la palma de la mano. Temblaron de nuevo los platos, los vasos y los cubiertos. Con el susto, *auntie* dejó caer un tenedor dentro del fregadero.

—No pienso permitir que te pases todo el día ganduleando —dijo *uncle* Kekahuna—. Harás lo que te diga y punto.

Kimo apretó los puños y abandonó la cocina con la cabeza gacha. Me levanté también de la mesa y corrí detrás de él.

—Si te estás comportando así por culpa de una chica —vociferó *uncle* Kekahuna—, lo mejor es que te olvides de ella de inmediato.

—No te enfades con Kimo. —La voz apaciguadora de *auntie* se estrelló contra la furia de su marido.

—¿Cómo pretendes que no me enfade? —exclamó *uncle* Kekahuna—. Tu hijo es un inútil.

Conseguí agarrar a Kimo del brazo antes de que huyera por la puerta principal.

—Si supieras dónde está Aikane, me lo dirías, ¿verdad? —me preguntó con el rostro crispado.

¿Qué podía responder? Asentí con la cabeza y fue como si algo dentro de mí se pudriera.

Kimo cerró la puerta detrás de sí y, cuando me giré para regresar a la cocina, me di de bruces con Lilinoe.

—Tenemos que hablar —dijo.

—¿De qué?

—Del beso.

—¿Qué beso? —repliqué.

La aparté de mi camino con un empujón. Cuando me senté de nuevo con los demás, Leota estaba contando un chiste. Me reí sin ganas porque no estaba prestando atención. Bien podía haber sido un chiste de gangosos o paletos. Me sentía mareado y se me había nublado la vista, como si alguien me hubiera cortado las muñecas con una hojilla afilada y me estuviera desangrando.

20

Tenía el torso lleno de cardenales que se habían vuelto de color azulado. Me dolía al respirar y sospechaba que se me habían roto una o dos costillas.

Ese domingo se jugaban las dos finales de conferencia y los bares de Kona eran un hervidero de aficionados al fútbol con gorras y bufandas que desafiaban el calor asfixiante de la calle. Creo que una de las finales se la disputaban los Atlanta Falcons y los Green Bay Packers. No consigo recordar quién jugaba el otro partido. Las voces de los comentaristas escapaban del interior de los bares y cada tanto era coreado por gritos de júbilo o por lamentos, según el equipo al que apoyaran los aficionados. Sí que recuerdo a una de las camareras del Copacabana —Lara, Lora o Laura—, su cuerpo arrinconado por el mío y un beso robado entre comanda y comanda. También me acuerdo de las fichas de colores amontonadas sobre la mesa de póker. La habitación ahogada por el humo de los puros era el único lugar del Copacabana ajeno a los robos de balón o a los pases de los *quaterbacks*. Con cinco de las fichas más grandes de color amarillo se hubiera solucionado mi problema. Mil dólares por ficha.

Mientras Lara, Lora o Laura servía jarras de cerveza a un grupo de seguidores de los Atlanta Falcons que celebraban la ventaja por seis puntos de su equipo, descubrí la figura flacucha de Dickie. Estaba sentado solo y tenía la mirada prendida de uno de los televisores. Por el derrotismo que emanaba de su cuerpo, con los hombros caídos y la barbilla temblorosa, debía de haber apostado por los Green Bay Packers. Tampoco Nery había vencido a Chen. Tal como predijo Pulawa, Chen había ganado con facilidad la pelea. Le bastaron tres asaltos para dejar a Nery tendido sobre la lona del cuadrilátero. Un tipo con mala suerte, Dickie, porque según había oído, los desperfectos de su barco eran graves, así que, de momento, adiós a las excursiones para ver los arrecifes de coral.

Dickie se levantó de la mesa donde estaba sentado y cogió del brazo a un fulano con coleta que parecía lamentar la patada de despeje de los Green Bay Packers. Decidí seguirlos cuando Dickie arrastró al tipo hasta la puerta. ¿Por qué? Porque me aburría. Porque Lara, Lora o Laura estaba entretenida con un cliente que no cesaba de acariciarle el escote con un billete de veinte dólares. Porque Pulawa estaba supervisando a los jugadores de póker y cualquiera sabía cuándo iba a terminar. Seguí a los dos hombres hasta la calle y me detuve, como quien no quiere la cosa, a pocos pasos de ellos.

Resultaba evidente que el fulano con coleta quería volver cuanto antes al interior del Copacabana, pero Dickie no le soltaba el brazo.

—¿Te has enterado de algo? —le preguntó Dickie intentando contener el nerviosismo de su voz. Su cuerpo temblaba como si hubiera pasado todo el día dentro de una cámara frigorífica.

—La pelea de gallos del próximo sábado —dijo el fulano con coleta tras dudar un instante. Cuando se percató de mi presencia, le hizo un gesto a Dickie y los dos hombres se alejaron calle abajo cuchicheando entre sí.

Inspiré pensativo el intenso olor marino que desprendía la noche. No me sorprendió cuando me lamí los labios y saboreé un regusto salado. Habían alertado de fuerte oleaje y el salitre lo cubría todo.

Unos minutos después, Pulawa salió con prisas del Copacabana y me ordenó que lo siguiera. Iba acompañado por un hombre calvo, bajito y delgaducho que, con unas gafas redondas de metal, podría haberse ganado con facilidad la vida como imitador de Gandhi. No sé por qué me acordé entonces de Gandhi, quizás porque era el héroe de mi antiguo profesor de Historia.

Cruzamos la calle y descendimos a la pequeña playa que se escondía detrás del muro que bordeaba la acera. Cada vez que el hombre trastabillaba o hacía el amago de alejarse, Pulawa lo agarraba del cuello y, bien lo enderezaba, bien reconducía sus pasos. La playa era de cantos rodados. Coral muerto. Las olas arrastraban las rocas porosas y unas palmeras esmirriadas amenazaban con caerse de un momento a otro. La única luz era la de las farolas de la calle, una luz que amarilleaba los restos de coral.

Pulawa se colocó frente al imitador de Gandhi y le golpeó el estómago con el puño. El estómago, la sien y, por último, el mentón. Le bastaron tres golpes. El hombre cayó primero de culo y permaneció sentado unos segundos antes de derrumbarse como un títere al que le hubieran cortado los hilos. Cientos de gotas de sangre salpicaron el coral.

Pulawa se frotó los nudillos mientras contemplaba con satisfacción el cuerpo caído del imitador de Gandhi.

—Tienes hasta el viernes para pagar lo que debes —dijo enseñando los dientes.

Pulawa pateó con saña al imitador de Gandhi una última

vez antes de subir los escalones de regreso a la calle. Seguí sus pasos con dificultad. Estaba mareado, se me había revuelto el estómago y estuve a punto de vomitar la hamburguesa que había comido unas horas antes.

—El próximo te toca a ti, *pretty boy* —me dijo Pulawa mientras esperábamos a que pasara una limusina negra. Por el techo abierto de la limusina surgió una mujer con una copa de champán que nos regaló un beso a cada uno.

Regresé a la playa una media hora después cuando Pulawa se olvidó de mí. El imitador de Gandhi estaba recostado contra el tronco de una palmera con la cabeza escondida entre las piernas. Me acuclillé enfrente de él.

—¿Te encuentras bien? —le pregunté.

El imitador de Gandhi levantó la cabeza. Un moratón le afeaba la barbilla. Me miró durante unos segundos, arrugó la boca con una mueca de desprecio y me escupió.

—¿Cómo crees que me encuentro tras la paliza que me ha dado el gorila de tu amigo?

Mientras un reguero de saliva se deslizaba por mi mejilla, comprendí por primera vez que no era el héroe de ninguna película, sino uno de los villanos. Mi papel era el del mercenario a sueldo que aterroriza a los habitantes de un plácido pueblo del lejano Oeste.

Un villano con bermudas y chanclas.

21

Supongo que los malos de las películas también sufren pesadillas. Si antes dormía mal, ahora apenas podía descansar una hora seguida sin que me despertara el olor a putrefacción, el redoble de tambores, la procesión de figuras humanas que atravesaba mi habitación de una esquina a otra. Si quería recuperar la cordura, necesitaba conseguir cinco mil dólares como fuera.

Me acordé de Dickie y de la pelea de gallos. Pregunté por el barrio y me confirmaron que ese sábado se iba a organizar una riña. Debía coger la carretera principal y conducir unas diez millas al norte de Waimea hasta una pista de tierra que llevaba a unas huertas de macadamias. Por supuesto, se trataba de una explanada a buen resguardo, lejos de cualquier casa, porque las peleas de gallos son ilegales.

Si he de ser sincero, no me costó tomar la decisión. Pensé que aquella podría ser una buena oportunidad para embolsarme el dinero que necesitaba, así que decidí aprovecharla.

Ese sábado, no recuerdo qué excusa le puse a Pulawa. Quizás que estaba agripado. «Si estás enfermo —supongo que gruñiría—, lo mejor es que no nos contagies a los demás».

Abandoné la carretera principal y encaré la pista de tierra.

Los bajos de mi Pontiac apenas podían salvar los profundos baches de la pista enfangada, por lo que conduje con cuidado. Las enormes copas de los árboles de macadamia creaban sombras tenebrosas y la pista estaba llena de nueces con la cáscara quebrada. Cuando llegué al lugar donde se estaban celebrando las peleas de gallos, conté cerca de cien vehículos estacionados a ambos lados de la pista. Aparqué donde pude y escondí debajo de la camiseta el largo cuchillo que había cogido de la cocina. Ocho pulgadas con el mango de metal. Me estremecí con el frío contacto del arma contra mi piel.

Por la amplia explanada pululaban más de doscientas personas entre una decena de pequeñas jaulas que apenas podían contener el nerviosismo de los gallos. El ruedo central, delimitado por chapas metálicas de unos tres pies de altura, estaba iluminado por unos gigantescos faros montados sobre las capotas de dos camionetas. Me sentí aturdido por el vocerío de la gente y el piar incesante de las aves. Olía a tabaco, a cerveza, a sudor, a la sangre que embadurnaba la tierra apelmazada del ruedo.

Recorrí la explanada buscando el cuerpo larguirucho y el bigote espeso de Dickie. Un tipo con una gorra azul se paseaba entre la multitud anotando las apuestas de la siguiente pelea. Del bolsillo de su camisa sobresalían los billetes de veinte dólares que iba recogiendo de las manos sudorosas de los aficionados. Sin querer, me tropecé con un fulano con una barba esponjosa. El hombre soltó una maldición porque estaba bebiendo de un vaso de plástico y parte del contenido —cerveza, a juzgar por el color— se le escurrió por la barbilla.

Cuando estaba a punto rendirme tras una búsqueda infructuosa, una voz potente anunció el comienzo de una nueva riña y vi a Dickie haciéndose paso hacia el ruedo.

La expectación de la primera fila era palpable. Bajo la atenta mirada del juez, los careadores les colocaron las espuelas a los gallos, afiladas como navajas. Después, soltaron a las aves y retrocedieron unos pasos.

Comenzó la lucha entre los dos gallos, dos gladiadores. Las plumas del cuello se les erizaron como el collar de pinchos de un cantante punk. Apenas hubo unos segundos de aleteos, de picos enzarzados, de embestidas con las garras por delante. Las cuchillas de los espolones cortaban la carne del rival. Plumas sueltas flotaban durante un instante y terminaban posándose sobre la arena ensangrentada. Los espectadores enloquecieron cuando una de las aves hirió mortalmente a la otra. El gallo malherido era de casta, no huyó. Los picotazos se sucedieron y de la herida empezó a manar la sangre a borbotones.

El juez dio por concluida la lucha y los careadores separaron a los gallos.

Vencedor y vencido.

El gallo ganador picoteaba tranquilo entre los pies de su exultante propietario mientras el cuerpo del gallo derrotado se estremecía con, quizás, los últimos estertores.

Dickie alzó los brazos nada más declararse el vencedor. Un gesto de triunfo. No perdí detalle de la sonrisa de oreja a oreja que le iluminó el rostro, de cómo se frotó las manos con satisfacción. Poco le faltó para comenzar a saltar de júbilo como una adolescente tras conseguir el autógrafo de su cantante favorito. Unos minutos después, fui testigo de su corta conversación con el tipo de la gorra azul, de quien recibió un abultado sobre. La suerte, por fin, parecía estar de su lado.

Seguí sus pasos y supuse que se dirigía a su coche.

¿Cuál era mi plan? La verdad es que no tenía ninguno, pero estaba convencido de que aquel sobre contenía más dinero del que necesitaba.

Me deslumbraron entonces los faros de una camioneta de color plateado. De la ventanilla del conductor asomó la cabeza de un hombre y no pude más que estremecerme al reconocer a Naone con su ojo estrábico.

—Eres el hijo de Ron Kekahuna, ¿verdad?

Shit.

Dickie estaba abriendo la puerta de un coche destartalado y no tenía tiempo que perder.

Naone esbozó una sonrisa porque, sin darme cuenta, me había llevado la mano a la espalda, al mango metálico del cuchillo que había traído conmigo.

—No me hagas reír, *kid*. ¿Crees que voy a dispararte o algo? ¿Delante de toda esta gente?

—Claro que no —musité avergonzado mientras dejaba caer los brazos a los costados.

—Tengo un mensaje para Kekahuna. ¿Puedes encargarte de hacérselo llegar?

—¿Qué mensaje?

—Dile que no tiene que temer que asalte a uno de sus chicos por la calle. Quiero que la pelea entre ambos sea justa.

—¿Estás seguro de que tu guardaespaldas piensa lo mismo? —me atreví a decir.

—No te preocupes, Kalani hará lo que le diga.

Con el ojo bueno me miró de arriba abajo, con el entrecejo fruncido de aquel a quien solo le falta una palabra para completar el crucigrama del periódico.

—¿De quién coño heredaste ese pelo rubio, *kid*? —me preguntó.

Por suerte, no esperó a que respondiera. Le dio un acelerón a la camioneta y se despidió con una polvareda que hizo que me lloraran los ojos.

Me olvidé de inmediato de Naone porque el tiempo apremiaba y eché a correr. Dickie había arrancado su coche y estaba maniobrando para salvar la moto que tenía aparcada delante. Cuando llegué a la altura del vehículo, abrí la puerta de atrás y me lancé dentro. Con rapidez, rodeé con los brazos el reposacabezas del asiento del conductor. Con la mano izquierda, agarré la barbilla de Dickie y, con la derecha, le amenacé con el cuchillo.

—No te muevas o te rajo el cuello de lado a lado.

Dickie soltó un grito ahogado.

La mano me temblaba y no pude evitar que el filo del cuchillo rozara el cuello de Dickie, flaco igual que el de una gallina. No sé por qué, pero me acordé del corral de casa y de las manos morenas de *auntie* retorciendo el cuello de las gallinas enfermas, como quien retuerza una toalla húmeda para exprimirle el agua.

—Dame el sobre —exigí con voz ronca.

—¿Qué sobre?

Dickie intentó huir y, con el forcejeo, se hizo un corte con el cuchillo. Casi suelto el arma cuando vi cómo la sangre que brotaba de la herida empezaba a enrojecer el cuello de su camisa.

Porque temía que la situación se me escapara de las manos, me abalancé hacia el asiento de delante y le golpeé el rostro con el mango del cuchillo. Por primera vez, me sentí poderoso, el villano que está a punto de abrir la caja fuerte del banco sin que el *sheriff* pueda hacer nada por evitarlo. Le golpeé tres o cuatro veces y Dickie comenzó a lloriquear, la cara desencajada, el bigote apelmazado por la sangre que le manaba de la nariz como un grifo abierto.

La sangre que embadurnaba su rostro se desparramó por mis dedos y me sorprendió que estuviera tan caliente.

—¿Dónde está el dinero? —le ladré al oído.

Dickie abrió la guantera y sacó el abultado sobre del interior.

Dudé unos segundos antes de cogerlo porque Dickie estaba gimoteando. Repetía sin cesar que aquel dinero era su última oportunidad y se aferraba al sobre como si de un salvavidas se tratara, de hecho, como si fuera el salvavidas de su propio barco encallado. Dudé porque me sorprendió la violencia que había mostrado. Dudé unos segundos, pero al final se lo arrebaté y hui lo más rápido que pude. Justo a tiempo porque, a lo lejos, oí las sirenas de al menos dos coches de policía.

Corrí hacia donde había aparcado mi Pontiac.

Cuando llegara la Policía, no quedaría rastro alguno ni del ruedo ni de los gallos.

22

Cuando volví a casa, me refugié detrás de la lancha y esparcí el contenido del sobre por el césped.

Ocho mil dólares. Había contado el dinero dos veces.

Las nubes apenas dejaban entrever las estrellas y el único sonido a mi alrededor era el canto de un grillo.

Cri, cri.

Cri, cri.

El grillo estaba escondido entre unos sacos de pienso. Por el plástico de uno de los sacos descendió de repente una salamanquesa de un verde luminoso, con unas manchas naranjas sobre el lomo. La salamanquesa se detuvo cerca de donde estaba el grillo, inmóvil, vigilante. Se lamió los ojos con la lengua para humedecérselos y continuó observando impasible al grillo. Si partes la cola de una salamanquesa —había oído decir—, conviene que te cubras las orejas con las manos porque podría meterse dentro y dejarte sordo.

Quizás debería haber hecho algo para espantar al reptil. No sé, golpear el saco de pienso con un pie o dar unas palmadas. Pero me quedé quieto, sin ni siquiera atreverme a respirar.

La salamanquesa reposicionó con sigilo las patas de atrás y desplazó la cola a un lado. De pronto, se abalanzó sobre el grillo y lo engulló por completo.

La ley de la selva, la tiranía del más fuerte.

23

—¿Es ahora cuando te desnudas? —le pregunté a Aikane tras ofrecerle el sobre con los cinco mil dólares. Los tres mil dólares restantes los había escondido debajo del colchón.

Quise creer que el sarcasmo de mis palabras me permitiría disfrazar el nerviosismo que sentía. Como un estúpido, me había puesto una camisa y mis mejores pantalones, unos chinos de color *beige*. El almidón de la camisa me producía sarpullidos cada vez que la tela, tiesa como un soldado cuadrándose, me rozaba la piel.

Cuando me invitó a entrar, fui incapaz de mirarla a los ojos, casi tiro al suelo uno de los horribles jarrones de porcelana del recibidor y no sabía qué hacer con las manos. Primero, las guardé dentro de los bolsillos delanteros del pantalón. Unos segundos después, enganché los pulgares de los bolsillos de atrás.

—No seas vulgar —replicó Aikane—. Lo que vendo es mucho más valioso.

Había conducido hasta la casona nada más despertarme con la esperanza de no encontrarme con Pulawa ni con ningún cliente. Llovía a cántaros y un chorro de agua descendía con furia por uno de los canalones del tejado. Tras aparcar, había corrido hasta la protección del porche, pero aun así se me había empapado la ropa.

Toqué el timbre y esperé impaciente. El mismo gato grisáceo de la vez anterior cruzó por delante de mí y se escabulló entre los barrotes de la barandilla.

Cuando Aikane abrió la puerta después de lo que me parecieron unos minutos interminables, extendí de inmediato el brazo con el sobre. Estaba arrugado y la solapa apenas podía cerrarse por el abultado fajo del interior. Billetes de veinte dólares descoloridos e igual de estrujados que el sobre.

Aikane cogió el dinero y me indicó que la acompañara. ¿Existe la sonrisa perfecta? Ten por cierto que sí. Aikane me sonrió y perfecta fue la curvatura de sus labios, perfectos los pequeños hoyuelos que se le formaron, perfecto el rubor de sus mejillas.

Me descalcé y la seguí por un largo pasillo. El suelo de madera estaba frío y crujía con cada paso. El andar de leona de Aikane me condujo a un salón con unos enormes sofás de piel y un intenso olor a humedad. Aikane eligió el sofá más cercano al amplio ventanal y me invitó a sentarme a su lado. La mosquitera del ventanal vibraba por el viento y se oía el repiqueteo incesante de la lluvia.

Dudé antes de sentarme porque no quería mojar el tapizado del sofá. Pero a Aikane no parecía importarle. Me la imaginé como un ángel aburrido que observa las vicisitudes de los pobres mortales desde la comodidad algodonosa de una nube.

—¿Qué es lo que vendes? —le pregunté cuando por fin me decidí a sentarme.

—Los secretos de los muertos —confesó sin más, como si me estuviera diciendo que dos más dos son cuatro—. ¿No crees que cinco mil dólares son un precio justo por conocer sus secretos? Las almas de los que acaban de fallecer deben viajar hasta la gran roca que marca el fin del mundo —relató como el que cuenta una fábula a un niño—. Más allá, solo existe el océano. Cuando el alma consigue trepar hasta el punto más alto de esa roca, a sus pies se abre un remolino de agua. Si no salta y se deja engullir por el remolino, no podrá alcanzar la tierra de los muertos

—¿Pretendes que me crea ese cuento? —solté incrédulo.

—Una vez la vi —replicó Aikane haciendo un gesto impaciente de la mano—. Una vez, mientras bailaba, vi la larga procesión de almas que esperaban su turno para escalar la roca.

—¿Por eso te llaman la nueva Laka? ¿Porque ves a los muertos mientras bailas?

—Cuando bailo *hula*, mi cuerpo pertenece a la diosa —explicó como si fuera lo más normal del mundo—. Veo lo que Laka quiere que vea.

—¿Qué tiene que ver todo eso conmigo?

—No todas las almas se atreven a saltar cuando se asoman al borde de la roca —siguió contando ignorándome por completo—. ¿Qué ocurrirá con los secretos que guardan? ¿O con los asuntos pendientes que dejan atrás?

No la creí, por supuesto.

No al principio.

—¿Qué secreto compró el *haole* del otro día? —pregunté con sorna—. No me digas que quería saber dónde escondió su abuela fallecida el collar de perlas que le regaló un antiguo amante.

Aikane se encogió de hombros mientras jugueteaba con un mechón de pelo.

—¿No preferirías conocer el secreto de otra persona? ¿De tu madre, quizás?

—¿Qué secreto querría compartir mi madre conmigo?

—Tu madre guarda el secreto de quién la asesinó —respondió.

Comencé a reírme a carcajadas.

—Nada de lo que me cuentes podrá convencerme de que has hablado con mi madre.

—Si no hubiera hablado con ella, ¿cómo explicas que sepa cuáles son las últimas palabras que te dijo antes de morir?

—No digas tonterías.

Aikane acercó su rostro al mío.

—Sé un buen chico —me susurró al oído.

Be a good boy.

Fue entonces cuando me asaltó un olor intenso. Orquídeas. El aroma dulzón de cientos de orquídeas.

Sentí escalofríos.

La cabeza me empezó a dar vueltas.

Se me revolvió el estómago.

«Sé un buen chico», había dicho mi madre antes de esconderme dentro del armario de su dormitorio.

Tenía otra vez cinco años y, cuando sonó el timbre de la puerta, mi madre me ordenó que me mantuviera callado y me escondió detrás de los vestidos, las faldas y las blusas de su armario. El timbre sonó de nuevo y reconocí el gemido que siempre hacía la puerta al abrirse. Oí voces masculinas. Enérgicas, autoritarias. Dos hombres, a lo sumo tres. Oí la voz de mi madre. Llorosa, entrecortada. Luego, el estrépito de algo al caer al suelo, un golpe sordo. Quizás el vuelco de una silla o de una mesa. Oculté la cabeza entre las piernas y sofoqué un sollozo. La oscuridad del armario era asfixiante. Durante lo que bien podrían haber sido horas, continué escuchando murmullos que provenían del salón. De pronto, el eco de unos pasos resonó entre las paredes del armario. Los pasos se oían cada vez más cerca. Creí distinguir la respiración fatigosa de un hombre. Los resortes de la cama gimieron y escondí aún más la cabeza entre las piernas. Seguí temblando incluso cuando los pasos abandonaron el dormitorio pocos minutos después. Dejé de oír voces. Conté hasta cien. Sabía contar hasta cien. Noventa y ocho. Noventa y nueve. Cien. Cuando me atreví a salir del armario, mi madre estaba acostada sobre la cama: los brazos bien pegados al cuerpo, el vestido cubriéndole con recato las piernas, la cabeza adornada por una corona de flores. Orquídeas blancas. Una mancha roja se extendía por la almohada. Intenté despertarla. Le acaricié la mejilla, pero no conseguí que abriera los ojos. La mancha roja era cada vez más grande y comencé a sentirme mareado por el aroma de las flores. Le masajeé el dedo gordo de uno de los pies. Había oído que el alma de las personas escapa por la comisura de los ojos, igual que las lágrimas, pero que puede regresar al cuerpo por el dedo gordo del pie si se masajea bien. Masajeé el dedo gordo de mi madre hasta que oí que la puerta se abría de nuevo. Sentí tanto miedo que salté por la ventana a pesar de que estaba a una altura de cerca de ocho pies. Caí entre unas cajas y me golpeé el hombro.

—El asesino de tu madre tiene la marca del tiburón —dijo Aikane desde la otra punta del planeta.

¿Tiburón?

Me levanté como pude y escapé a trompicones de la imagen de mi madre muerta, del sofá húmedo, de la sonrisa perfecta de Aikane.

—Pase lo que pase, no mires a los ojos de los caminantes nocturnos —gritó Aikane.

Recorrí el pasillo hasta la puerta principal casi a ciegas porque las paredes parecían estar cerrándose sobre mí. Traté de ponerme los zapatos, pero renuncié tras el segundo intento. Cogí los zapatos con dos dedos y corrí descalzo sin preocuparme por la lluvia torrencial que seguía cayendo ni por los guijarros que me herían las plantas de los pies. Cuando estaba a punto de llegar al coche, me resbalé, caí al suelo y me quedé a cuatro patas con el pelo chorreando. Oí justo entonces un ronroneo debajo del coche. El gato gris se había refugiado bajo el motor aún caliente y me miraba con ojos asustadizos. Le tiré un puñado de guijarros y el animal huyó con un maullido lastimoso.

Lo primero que hacía nada más despertarme era trepar a la cama de mi madre. Le soplaba el rostro semioculto por la almohada y esperaba a que abriera los ojos.

—Unos minutos más —gruñía ella con la voz aún ronca. Después, me abrazaba, me llenaba la cara de besos y esperábamos juntos a que sonara el despertador.

Por las mañanas, mi madre olía a domingos de playa y a juguetes nuevos.

Unas horas después de huir de la casona, cuando me vi obligado a frenar el coche porque unos turistas estaban cruzando por un paso de peatones, me di cuenta de que circulaba por las calles de Waikoloa. Reconocí los hoteles, el centro comercial y el campo de golf. Había acabado allí por inercia. Porque sabía que era inevitable, conduje hasta un edificio de dos plantas, lejos de las tiendas de lujo y de los restaurantes con manteles de lino.

Tamarack Pines.

Me acordaba de la fachada con la pintura marrón cuarteada, las escaleras de madera que permitían acceder a la segunda planta, las ventanas estrechas con mosquitera, las puertas rojizas que podían echarse abajo con una mera patada. Sin embargo, no recordaba cuál era el apartamento donde había vivido con mi madre. Todos se me antojaban idénticos. Un avión cruzó el cielo, el tren de aterrizaje desplegado porque el aeropuerto estaba a pocas millas al sur. Me acordaba también de los aviones. Dos o tres cada hora, incluso por la noche.

Con el aire acondicionado apagado, el calor dentro del

coche era infernal. La ropa se me había secado enseguida y notaba la tela acartonada contra la piel cada vez que me movía.

Salí del coche porque me estaba asfixiando.

Por la puerta de una de las viviendas surgió una mujer de mediana edad con un uniforme de color rosado. Me quedé sin respiración. Reconocí de inmediato el uniforme, con el cuello y los puños de color blanco, la hilera de botones también rosados. Recordé a mi madre vestida con ese mismo uniforme mientras me preparaba el desayuno por las mañanas. Unas galletas y un tazón de leche con cereales.

Sin pensármelo dos veces, corrí hacia la mujer y creo que la asusté porque se apresuró a meterse dentro de su coche.

De pronto, me sobresaltó una voz a mi espalda.

—Seguro que un chico tan fuerte como tú podría ayudarme con las bolsas.

Una anciana vestida con un *muʻumuʻu* blanco demasiado grande me ofreció las dos pesadas bolsas que cargaba. Fruta, pan, unos cartones de caldo de pollo. La anciana era diminuta y tenía el pelo descolorido, con las raíces amarillentas.

Dudé apenas unos segundos antes de coger las bolsas porque conocía bien las historias que circulaban acerca de la diosa del fuego. Son muchos los que afirman haber visto a Pele con el aspecto de una anciana. Unos juran haber abierto la puerta de su casa tras oír el timbre solo para encontrarse de frente con una anciana con un vestido blanco que les pide un vaso de agua o algo de comer. Otros aseguran que esa misma anciana les ha pedido un cigarrillo o que la lleven a un hospital o a una farmacia. Más vale no negarse, porque de sobra es conocido que Pele es caprichosa y podría maldecirte de buenas a primeras.

Cogí las bolsas, subí tras la anciana por una de las escaleras y esperé a que rebuscara dentro de la talega que le colgaba del hombro. Las bolsas pesaban más de lo que parecían a simple vista. La anciana encontró por fin las llaves y, cuando abrió la puerta, me invitó a entrar.

Me descalcé antes de seguirla y le pregunté dónde quería que dejara las bolsas. La anciana me indicó la mesa del comedor. Los muebles eran antiguos. Parte del chapado se había levantado y se veía el aglomerado del interior. El papel de las paredes estaba también resquebrajado.

La anciana señaló mi rodilla derecha con un dedo apergaminado.

—¿Te hiciste daño? —me preguntó.

Cuando bajé la vista, me di cuenta por primera vez de que tenía el pantalón rasgado.

—Una caída sin importancia.

—Sé quién eres —dijo de sopetón la anciana—. Cuando eras pequeño, no parabas de corretear de un lado a otro con un sombrero de *cowboy*.

—Debe de haberme confundido con otra persona.

La anciana me miró sin parpadear, los ojos empequeñecidos por las arrugas.

—Tu madre vino a verme la noche que murió.

—¿Mi madre?

—El espíritu de tu madre, más bien.

—¿Por qué vendría a verla el espíritu de mi madre?

—No lo sé —respondió la anciana como si de repente le pesaran el doble todos los años vividos—, es posible que se hubiera perdido y estuviese intentando encontrar el camino de vuelta.

—¿Dijo algo mi madre?

—Tu madre nunca fue muy habladora. Lo único que hizo fue sentarse conmigo un rato —aclaró mientras desviaba la mirada al sofá de tres plazas que ocupaba gran parte del salón.

Me pidió que la acompañara fuera y me señaló la tercera vivienda empezando por el final.

—El último inquilino no duró ni siquiera un mes. Se rumorea que el apartamento está embrujado, que a veces se escuchan sonidos extraños, pero ¿quién sabe?

—¿Recuerda algo más de aquella noche? —le pregunté.

La anciana negó con la cabeza.

—Mi memoria no es lo que era.

Me recomendó, sin embargo, que hablara con el policía que estuvo interrogando a los vecinos después del asesinato.

—*Officer* Ikeda —dijo—. Me acuerdo de su nombre porque es del barrio.

Tras despedirme de la anciana, me encaminé al apartamento donde había vivido con mi madre. Me quedé unos minutos mirando la puerta rojiza, de la que colgaba un descolorido cartel de «Se alquila». Creí recordar unos globos de colores amarrados al pomo de la puerta, la celebración de un cumpleaños —mi cumpleaños—, una tarta de chocolate con varias velas encendidas. De pronto, la puerta comenzó a vibrar. Quizás fue el viento. O quizás era verdad que la vivienda estaba embrujada, como pensaba la anciana.

No me quedé el tiempo suficiente para averiguarlo.

Cuando estaba a punto de irme, la anciana se asomó a la escalera.

—Sí que dijo algo —me gritó—. Tu madre dijo una palabra antes de desaparecer.

—¿Qué palabra?

—Tiburón.

26

Todo estaba resultando ser un chiste de proporciones cósmicas. Como el cartel que habían colgado a la entrada de la playa, un triángulo amarillo con el dibujo de un tiburón.

Shark sighted, keep out.

Un socorrista explicaba a unos turistas que se había avistado un tiburón de cerca de seis pies y que, por tanto, estaba prohibido bañarse. Los *haoles* extendieron las toallas con resignación, los ojos prendidos del azul turquesa del mar.

No podía estar más equivocado si pensaba que la visita a Aikane iba a solucionar mis problemas. ¿No había mencionado antes que el asesinato de mi madre era como un picor? Pues el picor se estaba volviendo cada vez más insoportable, hasta el punto de que me estaba siendo imposible ignorarlo.

Además, seguía oyendo tambores. Un día tras otro, me atormentaba la misma procesión de guerreros fantasmagóricos. Daba la impresión de tratarse de un desfile militar. Igual que los soldados cuando marchan frente a la tribuna de personalidades, estoy convencido de que los guerreros me miraban al pasar por delante de la cama. Detrás de los guerreros, aparecían las mujeres con la cabellera hasta la cintura. Una de las mujeres susurraba siempre mi nombre una y otra vez. No me atrevía a abrir los ojos por miedo a que nuestras miradas se cruzaran.

Las noches con Pulawa se me hacían cada vez más cuesta arriba. Estaba harto de los borrachos, de las broncas y de los pechos de silicona, pero sobre todo del temor a que los hombres de Naone nos pegaran un tiro un buen día. Por lo menos, no me había tropezado con Dickie. Estaba seguro de que no se atrevería a denunciarme. ¿Qué podría contarle a la Policía, que había acudido a una pelea de gallos ilegal y que uno de los chicos de Ron Kekahuna le había robado el dinero ganado con una apuesta? Sí que me había cruzado con el imitador de Gandhi. Tenía todavía el mentón amoratado y gruñó nada más verme. Bajé la cabeza y fingí no reconocerle.

Para colmo, no podía bañarme por culpa de un maldito tiburón. ¿Qué había dicho Aikane? ¿La marca del tiburón? ¿A qué se referiría?

Agarré la tabla de *bodyboard* por un extremo y golpeé con ira el tronco de una palmera. La espuma de la tabla se quebró por la mitad con facilidad. El socorrista que había estado hablando con los turistas me hizo un gesto furibundo y gritó algo. No le hice caso. Cogí las aletas, las dos mitades de la tabla y me encaminé furioso al coche.

Unos días después, vi una furgoneta con el dibujo de un tiburón y no se me ocurrió otra cosa que seguirla con el coche como si se tratara de la persecución central de una película de acción. Al final, resultó ser una tienda de *souvenirs*. Pequeñas bailarinas de *hula*, llaveros con forma de tablas de surf, tortugas de madera, camisas con motivos tropicales. El nombre de la tienda era Shark Shop.

Dado que me estaba volviendo loco, esa misma tarde aparqué frente a la comisaría con la intención de preguntar por el *officer* Ikeda tal como me había sugerido la anciana.

Una mujer leía el tablón de anuncios que estaba colgado junto a la puerta. Desde el coche pude distinguir un póster con la foto de Aikane. «Desaparecida», habían escrito con letras grandes. Debajo de la foto, había un número de teléfono y un texto imposible de leer desde tan lejos. Dos policías uniformados salieron de pronto, se metieron dentro de uno de los coches patrulla de color blanco y arrancaron con las luces de gálibo encendidas para atender un accidente, una pelea o un robo. Vete a saber qué.

Abrí la puerta del coche, pero no me decidía a salir. Del otro lado de la calle me llegó el olor de los fertilizantes y abonos que vendía la tienda de enfrente. Una mangosta cruzó corriendo delante de mí y se me quedó mirando un rato con curiosidad. Tenía las orejas pequeñas, el cuerpo de color pardo y la cola larga. La espanté con la mano y se escondió bajo una camioneta que estaba aparcada más allá. Los agricultores trajeron las mangostas a la isla para acabar con las ratas que no cesaban de mordisquear los tallos de las cañas de azúcar. Por supuesto, no solo seguía habiendo ratas, sino que las mangostas eran ahora una plaga.

Cuando por fin entré, me saludó un policía de azul detrás de un mostrador.

—Busco al *officer* Ikeda —dije.

Pocos minutos después, se presentó delante de mí un policía también de uniforme con las mejillas enrojecidas por la psoriasis. Me flaquearon las piernas cuando me di cuenta de que sabía quién era. Se trataba del mismo policía que había venido a casa tras la desaparición de Aikane, el mismo fulano con la camisa estampada que había estado jugando al póker la primera noche que acompañé a Pulawa al Copacabana. Del cuello le colgaba un *lei* hecho con flores blancas y amarillas.

—¿*Officer* Ikeda?

—Es ahora *sergeant* Ikeda —aclaró señalando la enorme

pancarta que cubría una de las paredes. «Enhorabuena por el ascenso», rezaba la pancarta, cada letra con un color diferente.

El policía se me quedó mirando un buen rato.

—Eres el chico nuevo de Kekahuna, ¿verdad?

Asentí con la cabeza.

El interior de la comisaría olía a papeles viejos y a posos de café secos. El *sergeant* Ikeda se sentó detrás de un escritorio con un ordenador cubierto de polvo, una pila de carpetas, una taza sucia y una tarjeta de felicitación. La tarjeta estaba decorada con unos estúpidos osos con matasuegras y gorros de colores. Supuse que estaría firmada por sus compañeros de trabajo.

Tras sentarse, Ikeda me indicó que ocupara la silla de enfrente. Mientras esperaba a que me decidiera a contarle la razón de mi visita, se puso a jugar con un bolígrafo. La psoriasis le daba un aspecto repulsivo. Pensé que solo su madre o su mujer se atreverían a tocarle la cara. Le miré las manos y no vi ninguna alianza. Solo su madre, entonces.

Un policía con barriga cervecera zigzagueó entre el caos de escritorios y sillas. Le gritó a Ikeda que no se olvidase de la fiesta de esa noche y desapareció por una de las puertas de atrás.

Cuando me animé a hablar, le conté de un tirón lo poco que sabía del asesinato de mi madre.

—Tengo entendido que fuiste uno de los policías a cargo de la investigación —le dije.

—¿Cómo se llamaba tu madre?

—Ailani —respondí, aunque estaba convencido de que se acordaba del nombre—, Ailani Naeole.

Ikeda no dijo nada durante lo que me parecieron unos segundos interminables. El bolígrafo se movía con rapidez entre los dedos de su mano derecha.

—Seguro que no te acuerdas de que fui yo quien te encontró esa mañana —dijo antes de levantarse con brusquedad para hacer una llamada con el teléfono del escritorio más alejado.

Sus palabras me dejaron sin respiración y observé con incredulidad la espalda de Ikeda mientras hablaba por teléfono. Traté de recordar, sin éxito, el rostro del policía que me había encontrado detrás de los contenedores de basura. Seguí observando al *sergeant* Ikeda casi sin pestañear, incapaz de despegar los ojos de su nuca adornada con el collar de flores, como si esa mera acción pudiera devolverme la memoria de aquella mañana. No pude oír lo que decía, pero creo que discutía con la persona que estaba al otro lado del teléfono. Gesticulaba frenético con la mano libre y sujetaba con tanta fuerza el auricular que se le habían tensado los músculos de la espalda y del brazo derecho.

Cuando volvió a sentarse enfrente de mí, la psoriasis de sus mejillas se había tornado de un violento carmesí. Cogió con brusquedad el bolígrafo y empezó a golpear una y otra vez la superficie de madera del escritorio.

—Perterson —dijo—, el nombre del principal sospechoso es Mike Perterson.

Al parecer, era el camello de mi madre. Valium, Xanax, otros ansiolíticos similares. Un testigo confirmó que había visto a Perterson rondando cerca de la vivienda esa noche. Perterson se esfumó sin que la Policía hallara ninguna pista acerca de su paradero y el caso se archivó.

—Tu madre tenía un fuerte golpe. —Ikeda se señaló la parte de atrás de la cabeza—. La causa oficial del fallecimiento fue traumatismo craneal.

El policía soltó una maldición cuando el bolígrafo se le cayó al suelo. El bolígrafo rodó hasta chocar con una papelera.

Quise saber más acerca de Perterson, pero Ikeda dijo que no podía contarme los detalles del caso. Confidencialidad o alguna estupidez por el estilo.

—¿Recuerdas lo primero que dijiste cuando conseguí que salieras de detrás del contenedor de basura?

Negué con la cabeza porque no me acordaba.

—Dijiste que, tarde o temprano, vengarías la muerte de tu madre.

Cuando regresé al coche, golpeé con violencia el volante sin importarme la mirada extrañada del hombre que acababa de aparcar al lado. Pisé el acelerador porque quería abandonar cuanto antes la comisaría. Justo entonces, la mangosta salió de debajo de la camioneta donde se había refugiado y se cruzó delante de mí. No me dio tiempo ni a frenar ni a esquivar al animal. Sentí un bache y, cuando miré por el espejo retrovisor, vi el cuerpo aplastado de la mangosta, un bulto amorfo sobre el asfalto.

Le había pasado por encima con una de las ruedas del coche.

27

—¿Llegaste a conocer a mi madre? —le pregunté a *auntie* poco después.

Tras mi conversación con el *sergeant* Ikeda, sentí la urgencia de hablar con *auntie* y aproveché cuando me pidió que la ayudara a darle de comer a las gallinas. Unas diez gallinas se movían nerviosas dentro del entramado de mallas y listones de madera del corral. Los excrementos comenzaban a dar mal olor y, pronto, habría que barrer el gallinero y baldear el suelo.

Le hice la pregunta una vez que llené el bebedero, pero *auntie* no dijo nada hasta que terminó de verter parte del saco de pienso dentro de la tolva metálica.

—Nunca la conocí, lo siento —contestó sin mirarme a los ojos.

Tuve la impresión de que quería decirme algo más, pero no sabía cómo. Tras soltar el saco, se limpió las manos con la tela floreada de su vestido. El sencillo *mu'umu'u* que llevaba puesto estaba desteñido de tanto lavarlo.

Cuando por fin abrió la boca, sin embargo, la cerró de inmediato porque desde la casa nos llegaron los gritos de *uncle*

Kekahuna. Despotricaba contra Reid Ching por un problema con el restaurante. Según me enteré luego, el auditor había encontrado más de una discrepancia entre las facturas y los libros.

Después de oír la voz de su marido, *auntie* pareció pensárselo dos veces porque apretó los labios, me dio la espalda y comenzó a meter dentro de un cesto los huevos recién puestos.

—Los caminantes nocturnos me llamaron por mi nombre —le confesé porque no tenía a nadie más.

—¿Has reconocido a alguno de los espíritus? —me preguntó sin girarse.

—Creo que mi madre forma parte del séquito.

—¿Del séquito?

—Del grupo de mujeres que sigue a los guerreros.

El huevo que acababa de coger del ponedero se le cayó al suelo y la cáscara se quebró. La clara y la yema se mezclaron con la paja del suelo y con los excrementos de las gallinas.

A la mañana siguiente, *auntie* me presentó a una anciana con los ojos casi velados por las cataratas. La piel de su rostro centenario tenía la textura del papel de periódico cuando se arruga.

La anciana portaba un cuenco hecho con la cáscara de un coco. Dentro del cuenco, agua del mar con una pizca de cúrcuma.

Con ayuda de una hoja de ti recién cortada, la anciana fue rociando todos los recovecos de mi dormitorio mientras canturreaba una plegaria. Mojaba la hoja con el agua del cuenco e iba salpicando las paredes, los muebles, las colchas de las camas. Había que purificar la habitación. Según dijo, los espíritus quedaban atrapados a veces por la agonía que sufrieron al morir. El aroma picante de la cúrcuma se extendió por todo el cuarto. La anciana me mojó el pelo, los hombros, la ropa. Me cayeron unas gotas dentro de un ojo y me lo tuve que frotar.

Por último, colgó la hoja de ti de un clavo que había sobre el marco de la puerta. Explicó que era para proteger el dormitorio de cualquier energía negativa.

—¿Impedirá que regresen los caminantes nocturnos? —quiso saber *auntie*.

—Esperemos que sí —respondió la anciana.

—¿Por qué ahora? —le pregunté a su vez—. ¿Por qué los caminantes nocturnos han decidido acosarme después de tanto tiempo? ¿Por qué no lo hicieron justo después de la muerte de mi madre?

—Es posible que hayan estado buscándote durante años y que no te hayan encontrado hasta ahora.

Antes de irse con el cuenco de coco y con lo que quedaba del agua dentro de un frasco de cristal, colocó las manos apergaminadas a ambos lados de mi cabeza.

—Debes protegerte del hombre tiburón —me susurró al oído poniéndose de puntillas.

Durante una excursión al valle de Waipiʻo, *auntie* nos había contado la historia de Nanaue, hijo de una hermosa lugareña y del dios tiburón que gobernaba los océanos. Nanaue era diferente de los demás niños porque tenía una boca de tiburón entre los omóplatos de su espalda. Cuando tocaba el agua del mar, adquiría la forma de un tiburón y dejaba atrás su apariencia humana. «No te preocupes —le había asegurado el dios a su amada—, no sentirá ningún apetito por la carne humana mientras solo coma fruta y verdura». De esta manera, la madre de Nanaue cubrió la espalda de su hijo con una capa y le prohibió comer carne. Pero cuando se hizo mayor, Nanaue probó la carne de cerdo. Pronto, la carne de cerdo no consiguió saciar su apetito y Nanaue empezó a sentirse tentado por la carne humana. Primero, desaparecieron varios jóvenes que habían ido a surfear a la playa. Después, dos mujeres que disfrutaban de un plácido baño. Los habitantes del valle comenzaron a sospechar de Nanaue y, cuando le arrancaron la capa y descubrieron la boca de tiburón que adornaba su espalda, decidieron encender una hoguera y quemarlo vivo. Cuando la hoguera se apagó, cortaron la carne quemada de su cuerpo con un cuchillo afilado y secaron las tiras al sol para cerciorarse de que no resucitara.

—¿Nanaue? —le pregunté extrañado a la anciana.

—Peor que Nanaue.

Cuando la anciana se marchó por fin llevándose consigo el aroma de la cúrcuma, me acerqué a *auntie* para darle un abrazo. Pero cuando estaba a punto de hacerlo, *auntie* dio un paso atrás y se alejó con la excusa de que tenía que regar las flores.

28

No sé si fue por la hoja de ti y el agua purificadora, pero los caminantes nocturnos me dieron por fin una tregua. Aproveché para buscar información acerca de qué eran los ansiolíticos. Tranquilizantes para eliminar los síntomas de la ansiedad. Los efectos secundarios incluían confusión, vértigo, depresión, dolor de cabeza, temblores, sensación de adormecimiento. Disuelven las preocupaciones, afirmaba un artículo. El beso de buenas noches de una madre tras arropar a su hijo.

A la mínima oportunidad, intentaba obtener información acerca de Mike Perterson. Cuando conseguía escapar de la atención de Pulawa, aprovechaba para jugar al billar o a los dardos, un buen pretexto para tantear lo que sabían los otros jugadores. Tras colar una bola por una de las troneras de la mesa de billar, preguntaba de forma casual si alguien conocía a Perterson. Frotaba la punta del taco con la tiza y tiraba a por la bola con el número diez. También preguntaba por Perterson después de lanzar los tres dardos de mi turno. Cincuenta puntos si acertaba la diana del tablero.

Un hombre con los dedos amarillentos por el tabaco de liar me contó que, por supuesto, recordaba a Perterson. Siempre lucía un anillo de campeón. Baloncesto universitario. Había jugado como alero, un tirador de triples excepcional.

—Un buen día desapareció —añadió.

—¿Recuerdas cuándo?

El hombre terminó de liar un nuevo cigarrillo y se lo colgó del labio inferior.

—Hará cerca de quince años. Me acuerdo porque se esfumó sin devolverme el dinero que me debía, mil dólares de los de antes.

Una camarera también recordaba a Perterson. Una espesa capa de maquillaje le servía para enmascarar a medias las patas de gallo y las arrugas alrededor de la boca.

—Era guapo —rememoró—, muy guapo.

—¿Sabes si traficaba con algo?

—Con pastillas —respondió tras guiñarme un ojo—. Todos necesitamos a veces una o dos pastillitas para dormir bien.

La voz de la camarera era demasiado aguda y terminaba cada frase con una risilla tonta. No recordaba nada más, pero antes de marcharse con la jarra de cerveza vacía, dijo que era una pena.

—¿Por qué una pena?

—Porque debe de estar muerto. La gente no desaparece de buenas a primeras.

Un hombre al que le faltaba parte de una oreja, como si un perro se la hubiera arrancado de una mordida, me dijo que Perterson conseguía los medicamentos a través de una novieta. Me lo contó solo después de amenazarle con la punta de acero de un dardo. Comprendí entonces por qué la gente empleaba la violencia para lograr lo que quería. Funcionaba, así de claro.

—Siempre que le pedía más pastillas, me decía que no me preocupara, que hablaría con Clarice —confesó el hombre con la oreja mordida, los ojos bien cerrados para protegerse del dardo.

—¿Clarice?

El hombre se encogió cuando le acerqué aún más el dardo al ojo. Sin embargo, era evidente que no sabía quién era ni cuál era su nombre completo.

Como era de nuevo mi turno, cogí otros dos dardos y me coloqué detrás de la línea que marcaba la distancia mínima. Apunté al tablero, pero Pulawa me dio de pronto un empujón y el dardo rebotó contra la pared.

—Hora de irse, *pretty boy*.

—¿Dónde vamos?

Como era de esperar, no me dijo dónde íbamos.

Me subí al Mustang y Pulawa condujo hacia el norte. De repente, oí unos golpes que provenían del maletero, una voz pidiendo auxilio. Se me encogió el corazón, pero no me atreví a preguntarle a Pulawa quién era la persona encerrada dentro del maletero.

Por fin, llegamos al puerto, con decenas de contenedores apilados y dos enormes silos de hormigón. Eran las cinco de la mañana y el puerto estaba desierto. Olía a salitre, pero también a petróleo, aceite y herrumbre.

Pulawa aparcó junto a una de las naves. Eran naves prefabricadas con chapas metálicas y el tejado oxidado. Más allá estaba el muelle deportivo, con varios barcos varados y una rampa de cemento.

Cuando Pulawa abrió el maletero del coche, se me revolvió el estómago y me empezaron a temblar las manos de forma incontrolada. Dentro del maletero estaba el cuerpo encogido de Dickie, los ojos aterrorizados y el bigote sudoroso.

Pulawa agarró a Dickie por el cuello de la camisa y lo sacó a trompicones del maletero. Dickie cayó al suelo como un espantapájaros al que le hubieron robado el palo que lo sujetaba.

—Nos debes mucho dinero —le dijo Pulawa tras propinarle una patada—. ¿Creías que ibas a poder irte de rositas?

Dickie se arrastró como pudo por el asfalto resquebrajado, pero no se había alejado ni cuatro pasos cuando Pulawa lo agarró del pelo con una risa maníaca, lo levantó del suelo y lo estampó contra el lateral del coche. Dickie empezó a lloriquear. Todo su cuerpo se estremecía como el colchón de agua de un hotel de mala muerte.

Pulawa cruzó los brazos musculosos sobre el pecho.

—Tu turno, *pretty boy*.

Apreté con fuerza los labios para silenciar el lamento que amenazaba con salir de mi boca.

—¿Mi turno?

—Es hora de que arrimes el hombro. ¿A qué esperas?

Dickie se percató justo entonces de mi presencia y supe que me había reconocido. Si no hacía algo de inmediato, me acusaría de robarle los ocho mil dólares. Se me ocurrió que quizás ese dinero le hubiera servido para saldar la deuda con *uncle* Kekahuna. O para arreglar su barco e impedir que su negocio se fuera al garete. El sentimiento de culpa que pesaba sobre mis hombros casi me doblegó. Se me nublaron los ojos, pero aun así di un paso adelante.

Antes de que Dickie pudiera decir nada, le golpeé el estómago con el puño. Un gancho ascendente con todas mis fuerzas. Dickie se dobló por la mitad, sin respiración. Después, un golpe dirigido a la sien. Su cabeza rebotó contra el cristal del coche y gotas de sangre me salpicaron la camiseta. Un tercer puñetazo, esta vez al mentón. Dickie escupió varios dientes que cayeron al suelo igual que monedas olvidadas de cinco centavos. Con el cuarto puñetazo, oí cómo se le quebraba el puente de la nariz.

Aunque la boca de Dickie se movía como si estuviera intentando decir algo, el único sonido a mi alrededor era el rugir del océano. Me dolían los nudillos, pero continué propinándole un puñetazo tras otro hasta que su cuerpo resbaló a cámara lenta por la chapa del coche y acabó tendido inerte sobre el asfalto. Tenía los fondillos del pantalón humedecidos y me di cuenta de que se había orinado encima.

Pulawa me dio unas palmaditas de aprobación antes de agarrar a Dickie por las axilas y arrastrar su cuerpo inconsciente hasta los prismas que protegían el muelle. No pude desviar la mirada del rastro de sangre que dejó por el camino. Con un pie, Pulawa empujó el cuerpo de Dickie entre dos de los prismas. Después, encendió con calma un cigarrillo y se puso a fumar acompañado por el piar nervioso de una bandada de pájaros. Albatros, quizás. Los turistas siempre se extrañan al no ver gaviotas, pero la isla está demasiado lejos del continente.

Estaba amaneciendo y los primeros rayos del sol hicieron brillar el tejado metálico de una de las naves prefabricadas. Me miré los nudillos ensangrentados con la curiosidad del que descubre un insecto nunca catalogado.

Tres coches aparcaron cerca del muelle deportivo. Cuatro hombres y dos mujeres arrastraron una canoa fuera de una caseta. La canoa era moderna, mediría unos cuarenta pies y tenía un balancín a un lado. Entre todos consiguieron deslizar con cuidado la canoa por la rampa y se fueron montando uno a uno. Una vez dentro, comenzaron a remar al ritmo marcado por uno de ellos.

La canoa salvó una ola tras otra hasta perderse de vista.

29

Cuando llegué a casa una hora después, lo primero que hice fue correr al baño. Tras quitarme la camiseta, giré como pude la llave del grifo porque las manos me temblaban y me lavé la sangre de la cara y de los nudillos. Solo entonces cogí aire, como si todo ese tiempo hubiera estado debajo del agua conteniendo la respiración.

Me restregué el rostro con una toalla hasta que la piel comenzó a arderme. Cuando abrí los ojos, el espejo del lavabo me devolvió el reflejo de Lilinoe detrás de mí. Supongo que debió de extrañarle que entrara por la puerta de la cocina con la cabeza gacha y escapase sin dar ni siquiera los buenos días. Cuando vio el lavabo manchado de sangre, me miró dubitativa.

—No soy una buena persona —gimoteé mientras me daba la vuelta.

Lilinoe me arropó entre sus brazos.

—¿Qué tiene de especial ser una buena persona? —me susurró al oído.

Me eché a llorar y mis lágrimas humedecieron la piel de su cuello.

Fue entonces cuando ocurrió.

Busqué su boca con la mía y, cuando la encontré, me aferré a ella con la urgencia y la desesperación de un náufrago a la deriva que divisa a lo lejos el barco que podría rescatarlo. Sujeté su cabeza con ambas manos e inmovilicé su cuerpo contra la pared, entre el lavabo y el retrete. Lilinoe intentó zafarse de mí, pero mi boca se lo impidió. Sentí cómo su cuerpo se retorcía buscando escapar de la prisión que formaban mi torso y mis piernas, pero poco me importaban sus deseos. A la mierda todo si conseguía alcanzar el salvavidas y nadar hasta el barco.

No recuperé la razón hasta que Lilinoe me pegó dos o tres patadas. El dolor de la espinilla hizo que me tambaleara y acabé sentado sobre la tapa del retrete.

Sin que tuviera tiempo para reaccionar, Lilinoe se sentó a horcajadas sobre mi regazo y me besó con tanta violencia que casi pierdo el equilibrio.

—Sigues sabiendo a chocolate —musitó tras separar unos segundos su boca de la mía para coger aire.

30

El aire acondicionado del Mustang estaba a tope y cerré las aberturas del salpicadero porque no podía dejar de tiritar.

Durante todo el día, me había sentido como si me hubiera revolcado una ola y me estuviese hundiendo, desorientado, con los pulmones casi sin aire, sin saber siquiera lo que era arriba o abajo. Por más que agitara los brazos y las piernas, no conseguía sacar la cabeza fuera del agua.

—Te portaste bien con Dickie, *pretty boy* —me congratuló Pulawa no sin cierta reticencia.

Contemplé durante un buen rato el rostro duro de Pulawa. Su felicitación era un bloque de cemento que alguien hubiera atado a uno de mis pies para hundirme aún más si cabe.

—¿Está muerto? —le pregunté, a pesar de que no estaba seguro de querer oír la respuesta.

—No creo, aunque más le valdría estarlo.

Pulawa increpó a uno de los coches del carril contrario por llevar las luces largas. Se le había desabrochado uno de los botones de la camisa y pude distinguir los trazos negros de un tatuaje alrededor de su ombligo. Nunca había visto a Pulawa sin camisa, pero no pude evitar sonreír a medias al imaginarme que tendría tatuado un estúpido lema inspiracional. *Born to fight*. O algo por el estilo.

Esa noche había estado preguntando por doquier. Visión de túnel para intentar borrar de mi memoria el beso de Lilinoe y el rostro ensangrentado de Dickie. Le hacía la misma pregunta a todo el que se cruzaba conmigo: «¿Conoces por casualidad a una tal Clarice?». Los que se acordaban de Perterson no conocían a ninguna Clarice. Otros no sabían de quién estaba hablando. Y un hombre con un corte de pelo militar se ofreció a presentarme a su madre de ochenta años.

Sin aire.

Con cada brazada me hundía más y lo único que me rodeaba era agua.

Regresamos a Waimea a eso de las cuatro de la mañana y, cuando Pulawa condujo por delante de la lavandería automática, vimos que un coche patrulla con las luces encendidas estaba aparcado enfrente. Un policía uniformado charlaba con *uncle* Kekahuna. No me costó reconocer al *sergeant* Ikeda. Por lo visto, unos vándalos habían destrozado por completo la lavandería. Los pedazos del escaparate de cristal estaban esparcidos por la acera. Dentro, el dispensador de detergente colgaba solo de uno de los clavos que lo sujetaban a la pared, las puertas de las lavadoras estaban arrancadas de cuajo, una de las secadoras se había volcado y cientos de monedas de cuarto de dólar cubrían el suelo como si se tratara de un gigantesco tablero de damas.

Cuando salí del coche, Ikeda me miró con cara de pocos amigos. Sin quitarme el ojo de encima, le susurró algo a *uncle* Kekahuna al oído, con los dientes apretados, pero *uncle* Kekahuna le dio unas palmaditas tranquilizadoras. «No te preocupes», parecía estar diciéndole. Ikeda negó varias veces con la cabeza antes de subirse al coche patrulla y largarse con las sirenas puestas.

Nada más vernos, *uncle* Kekahuna nos ordenó que cubriéramos el escaparate con plástico. «Para evitar males mayores», explicó. Desenrollamos el rollo de plástico y lo fijamos a la fachada con cinta de embalar.

Cuando terminamos, *uncle* Kekahuna me llevó aparte.

—Estás intentando averiguar quién mató a tu madre, ¿no es así? —dijo.

—¿Quién te lo ha contado?

—¿Crees que no me entero de todo lo que pasa a mi alrededor? —contestó con sequedad. Por supuesto, *uncle* Kekahuna tenía espías por todas partes. Nadie daba un paso sin que él se enterase.

—Solo quiero saber qué ocurrió.

—¿Por qué ahora?

Me encogí de hombros porque no sabía qué responder.

—Supongo que más vale tarde que nunca —fue lo único que acerté a decir.

—De acuerdo, pero mantenme al tanto de todo —me ordenó—. ¿Entendido?

—*Yes, sir.*

Esperé a que dijera algo más, pero *uncle* Kekahuna permaneció callado durante unos segundos. Tuve la impresión de que estaba sopesando las implicaciones de nuestra conversación, como un buey que, tras comer, se preparase para rumiar la hierba a resguardo de cualquier peligro.

—Barre cuanto antes las monedas del suelo —se limitó a decir señalando la lavandería con la cabeza—, no quiero que nadie se resbale.

—*Yes, sir.*

Una hora después, cuando Pulawa aparcó delante de casa, no me sentí con ganas de entrar.

—Dile a *auntie* que estaré de vuelta dentro de un rato —le dije a Pulawa antes de bajarme del Mustang.

—¿Por qué no se lo dices tú, *pretty boy*? No soy tu maldito mensajero.

Sin aire, a punto de ahogarme.

Cogí las llaves de mi coche y, tras más de media hora conduciendo sin rumbo, me dirigí a la casona. Bajé por completo la ventanilla y me dejé engullir por el croar de las ranas y por el canto de los grillos.

Llegué a la casona con las primeras luces del crepúsculo. El cielo comenzaba a teñirse de rojo, naranja y amarillo. A lo lejos, oí el cacareo de un gallo. Pronto, los diminutos *menehunes* se irían a dormir. Cuentan que estos seres de menos de dos pies de altura son tan tímidos que solo trabajan por la noche a resguardo de las miradas furtivas y que aquellos que tienen la mala suerte de interrumpirlos se vuelven de piedra.

Salí del coche con cuidado de no tropezarme con ningún *menehune*. El gato gris de mis anteriores visitas estaba acostado bajo una de las plataneras. Me saludó con un maullido antes de tumbarse de lado como pidiendo que lo acariciasen.

El porche estaba iluminado y discerní la figura de Aikane. Caminaba descalza de un extremo a otro con la cabeza gacha. Se cubría las orejas con las manos y el vestido se le pegaba al cuerpo como una segunda piel.

—¡Silencio! —gritó al aire.

Subí despacio los escalones del porche y me detuve debajo de un farol encendido.

Aikane corrió hacia mí y me agarró del brazo.

—Haz que se callen —gimoteó con el rostro contorsionado, el pelo pegado al cráneo, la piel brillante bajo la luz del farol.

Aikane se volvió a cubrir las orejas con las manos.

—Los muertos nunca callan —gimió.

Entre sollozos incontrolados, dijo que antes los muertos solo le hablaban cuando bailaba *hula*. Empezaba cantando las primeras estrofas del *mele* con el que solía acompañar el baile. Con voz baja, casi sepulcral. Cuando estaba segura de contar con la atención de la diosa Laka, comenzaba a bailar. Las manos y el resto de su cuerpo repetían los movimientos que había aprendido desde pequeña, un pájaro que remonta el vuelo, un pez que surca el mar, una ola arremolinándose, el viento sosegado tras una tormenta. Hasta que por fin se metamorfoseaba y era la mismísima Laka la que bailaba al ritmo de los tambores. Justo entonces, una voz le susurraba algo al oído, casi siempre un alma deseosa de relatar su historia. Pero desde hacía tiempo, las voces le hablaban a todas horas, sin descanso.

Aikane me arrastró al interior de la casona sin que pudiera ni siquiera descalzarme. Subí detrás de ella por las escaleras e intenté no quedarme rezagado cuando echó a correr por el largo pasillo hasta el baño, con mosaicos del color del musgo. El grifo de la bañera estaba abierto y el agua se había desbordado. Un charco se extendía por el suelo. La toalla colgada de un gancho, el albornoz bien plegado sobre la tapa cerrada del retrete, el secador enchufado junto al lavabo; todo apuntaba a que Aikane se disponía a darse un baño. Nada más entrar, me apresuré a cerrar el grifo. Se me mojaron las suelas embarradas de las chanclas y el agua del charco se tiñó de color marrón.

Aikane abrió uno de los armarios del baño y rebuscó dentro. Una caja de plástico cayó al suelo y cientos de bastoncitos de algodón acabaron desperdigados a los pies del lavabo. Aikane emitió un grito triunfal cuando encontró lo que buscaba: un frasco con pastillas. Se tragó dos o tres pastillas a la vez e hizo resbalar su espalda por la pared hasta quedar sentada entre el lavabo y la bañera. El agua le había empapado el vestido, pero no parecía importarle.

Cogí el frasco y leí la etiqueta. El nombre de una persona

que no reconocí, un tal Mathew Smith. Con un fondo azul, el nombre del medicamento: Xanax, un miligramo. Debajo, las instrucciones. Tomar un comprimido tres veces al día según sea necesario. Por último, el nombre del médico que había recetado el fármaco.

Clarice Adler.

¿Cómo podía haberme olvidado? Otro baño con los mosaicos desteñidos, el techo mohoso, el grifo del lavabo con el esmalte descascarillado, mi madre con un camisón blanco. «¡Callaos!», grita desesperada cubriéndose las orejas con las manos. «¡Callaos de una maldita vez!», repite sin cesar mientras gira la cabeza de un lado a otro, como si a su alrededor hubiera un grupo de personas que estuviesen hablando al mismo tiempo. Abre un frasco con manos temblorosas y decenas de pastillas ovaladas caen al suelo. Mi madre se arrodilla, coge tres o cuatro pastillas y se las traga de golpe. Luego, un suspiro profundo, silencio, la cabeza entre las rodillas, el camisón arremangado hasta la cintura.

Quiero consolarla como sea y rodeo con mis brazos sus hombros temblorosos. Pero mis brazos infantiles son tan cortos que no consigo abarcar el contorno completo de su cuerpo.

Cuando por fin conseguí que Aikane se acostase, me quedé un rato observando su rostro, el recuerdo de mi madre todavía vívido. Descendí hasta la planta de abajo y cerré la puerta con cuidado para no despertarla. Nada más hacerlo, se me cayó el alma a los pies porque un coche estaba maniobrando para aparcar al lado de mi Pontiac.

El todoterreno de Kimo.

Kimo salió del coche y se acercó despacio. Llevaba las chanclas embarradas, la camiseta húmeda por el sudor, las cejas fruncidas porque supongo que no pensaba encontrarme allí. Me imaginé un duelo entre dos pistoleros, la mano abierta a pocas pulgadas del revólver que cuelga de la cadera. Kimo subió los escalones del porche sin dejar de mirarme.

—No deberías estar aquí —le reproché.

—¿Por qué?

—Órdenes de tu padre.

Kimo se acercó a una de las ventanas, pero las pesadas cortinas no permitían ver el interior de la vivienda. Cuando intentó asir el pomo de la puerta principal, se lo impedí.

—Aikane no está dentro —dije.

—¿Cómo sabes que busco a Aikane?

Me reí sin ganas porque, por supuesto, buscaba a Aikane.

—Será mejor que te marches —insistí mientras me interponía entre él y la puerta.

—No podéis esconder a Aikane para siempre. —Kimo intentó apartarme de la puerta con un empujón, pero planté los pies con firmeza, una estatua bien asegurada al suelo por un pedestal de cemento.

—Te repito que no está aquí.

—Acabaré por encontrarla aunque para ello tenga que firmar un pacto con el mismísimo diablo.

—No hagas nada de lo que puedas arrepentirte —le aconsejé.

No me moví de donde estaba hasta que su todoterreno desapareció por la carretera. Tendría que haberle suplicado que se olvidara de una maldita vez de Aikane, haberle pedido incluso que me acompañase a coger lapas como solíamos hacer desde pequeños cuando el mar lo permitía. Con las rocas barridas por el oleaje, bastaba un golpe seco para separar el 'opihi con su deliciosa carne amarillosa y, luego, a la boca con solo un poquito de sal. Sin darle la espalda al mar ni hacer ruido con las conchas vacías porque, de lo contrario, como aseguran los viejos, podrías oír las voces de los espíritus enfadados por la bulla. «¿Mar o tierra?», te susurrarían al oído antes de que te izasen unas manos invisibles. Si entre los espíritus había un familiar o un conocido, las manos invisibles se limitarían a lanzarte tierra adentro. Magullado, pero con vida. Sin embargo, si los espíritus no te conocían de nada, podrían tirarte al agua sin ninguna posibilidad de regresar a la orilla. Kimo se reía —cómo no— de las advertencias de los viejos y hacía sonar las conchas vacías igual que si fueran castañuelas.

33

Conduje sin rumbo el resto de la mañana y parte de la tarde. ¿Cómo podría encontrar a Clarice Adler? Cuando aparqué por fin delante de casa, nada más apagar el motor del coche, Lilinoe emergió del interior con una mochila a la espalda. Se subió al coche y cerró la puerta con fuerza.

—Conduce —me ordenó.

—¿Adónde?

—Adonde quieras.

Arranqué, di marcha atrás y conduje tal como me había pedido. Cada vez que el tráfico me lo permitía, observaba a Lilinoe por el rabillo del ojo. Lilinoe miraba al frente con obstinación, los labios apretados, las manos cruzadas sobre los muslos.

—¿Ha ocurrido algo? —le pregunté.

—Discutí con mi padre.

—¿Por qué?

—Por el sexo de las abejas —respondió con brusquedad. No continué indagando porque intuía de qué se trataba. Su padre quería que fuera a estudiar al continente. Derecho o algo por el estilo. El argumento de *uncle* Kekahuna era que nos vendría bien contar con un abogado de confianza.

Conduje más de una hora sin que ninguno de los dos dijera nada, vigilados por las cabras salvajes que pastaban a ambos lados de la carretera. Ni siquiera conversamos sobre la obra que enlenteció el tráfico durante cerca de cinco millas. El asfalto dio paso a la grava y seguí la nube de polvo del coche de delante. Excavadoras, camiones, apisonadoras. Un trabajador con un chaleco fosforescente nos indicó que parásemos. Casi diez minutos oliendo a asfalto caliente hasta que una pala consiguió dar la vuelta.

Cogí una carretera secundaria flanqueada por helechos del tamaño de árboles, flores de jengibre y los troncos retorcidos de alguna que otra *ʻōhiʻa*.

Cuando vi una señal con una cámara fotográfica, supe que habíamos llegado a nuestro destino. Conocía bien ese mirador desde donde podía verse una enorme caldera de basalto con un cráter central de más de dos millas de ancho, el cráter del volcán Kīlauea. Era como si un gigante le hubiera dado un bocado a la planicie. Del interior del cráter emanaban fumarolas de dióxido de azufre y quién sabe qué otros gases.

Lilinoe salió del coche y se acercó a la barandilla. El olor a huevos podridos era intenso y arrugó la nariz. Desde el mirador podía verse parte del fondo del cráter, un entramado de grietas por las que brotaba el magma incandescente. Estaba anocheciendo y el cráter comenzó a iluminarse con el resplandor rojo de la lava. Enseguida, el brillo se extendió a las paredes del volcán y hasta las fumarolas se colorearon con tonos carmesíes.

Siempre pensé que aquel cráter era el corazón de la isla, un corazón que late, que se hincha y se contrae.

Pum, pum.

Pum, pum.

No era difícil imaginarse la reverencia que debieron de experimentar los primeros pobladores al deslumbrar desde sus canoas esta isla coronada por feroces volcanes.

Salí también del coche y, por un momento, sentí la urgencia de abrazar a Lilinoe, pero no me atreví.

—¿Serías capaz de matar a alguien? —me preguntó retomando la conversación que habíamos tenido hacía más de un mes junto al barco encallado de Dickie. No me había mirado durante todo el viaje. Tampoco me miró al hacerme esta pregunta. Los aros plateados que colgaban de los lóbulos de sus orejas habían capturado el mismo color encarnado del volcán.

Lilinoe repitió de nuevo la pregunta. Quería saber qué motivo podría llevarme a matar a alguien.

—¿Por amor? ¿Por dinero? ¿Por venganza? —enumeró.

El sol desapareció bajo el horizonte y el resplandor de la lava se tornó de un rojo aún más violento.

—Quizás el único motivo para matar a alguien sea por miedo —contesté.

—No digas estupideces. ¿Miedo a qué? La respuesta correcta es por amor, tonto.

El viento había amainado y el olor a huevos podridos era más soportable. Lilinoe se dio la vuelta y, por fin, nuestros ojos se encontraron. Esta vez me tocó a mí desviar la mirada.

—¿Te gusto? —Lilinoe se puso de puntillas y me cogió la cabeza entre las manos. Quise zafarme de ella, pero me sujetó con firmeza y no me quedó más remedio que rendirme—. ¿Por qué no reconoces de una maldita vez que te gusto?

Pegó su boca a la mía y mi corazón empezó a latir al ritmo del volcán.

Pum, pum.

Pum, pum.

34

El mundo giraba demasiado deprisa y no me quedó más remedio que olvidarme por el momento de mi madre, de Clarice Adler, de Lilinoe y de Kimo.

Dos o tres noches después de lo ocurrido con la lavandería automática, alguien destrozó el túnel de lavado. Olía a jabón y a cera. Las paredes de cristal que separaban la oficina del resto estaban rotas y la espuma cubría el mostrador, el teclado del ordenador y la caja registradora. Los rodillos de colores del túnel habían arrollado unos cubos de basura y un reguero de agua que serpenteaba por el aparcamiento había formado una pequeña cascada al caer por el bordillo de la acera.

Estaba esperando con Pulawa a que llegara *uncle* Kekahuna cuando una camioneta de color plateado se detuvo delante de nosotros. El conductor me sonrió y reconocí de inmediato la dentadura dorada de Kalani. Sin poder evitarlo, di un paso atrás.

Naone, que iba al lado, asomó la cabeza por la ventanilla.

—Tendré que llevar mi coche a otro túnel de lavado a partir de ahora —se lamentó—. Es una pena, me gustaba lo brillante que dejaban siempre las llantas.

—El culpable regresa tarde o temprano a la escena de su último crimen —gruñó Pulawa.

Naone se encogió de hombros con una inocencia fingida. Me miró a continuación con detenimiento, como el que aprecia la ropa con la que han vestido al maniquí de un escaparate. Con el ojo bueno, claro. Con el ojo bizco miraba a cualquiera sabe dónde.

—De veras no sé de quién has heredado ese pelo rubio, *kid*.

Unas horas más tarde, me dispararon.

Nunca me imaginé que alguien quisiera matarme, aunque sabía bien que ese es el final que aguarda siempre al villano antes de que acabe la película.

Había salido un momento del Copacabana para respirar un poco de aire fresco. Dos pequeños barcos iluminaban la superficie oscura de la bahía de Kona. Supuse que, sumergidos a unos quince pies de profundidad, unos buceadores estarían esperando con las linternas encendidas a que llegaran las mantarrayas. Las luces sirven para atraer a los diminutos crustáceos que pueblan la bahía. A su vez, los crustáceos atraen a las mantarrayas. El año anterior, parapetado con un traje de neopreno, una botella y un cinturón de cuatro libras, me uní a uno de esos grupos de buceadores. Enseguida, unas gigantescas sombras oscurecieron la luz de nuestras linternas. Tres mantarrayas de cerca de diez pies empezaron a nadar sobre nuestras cabezas como si siguieran una coreografía previamente ensayada, rodeadas por millones de crustáceos y las burbujas que despedían nuestras boquillas.

De pronto, un coche se detuvo enfrente de mí y, por la ventanilla bajada del conductor, vi asomar una mano que sujetaba un revólver.

Ocurrió a cámara lenta.

El dedo índice de esa mano apretó el gatillo y el revólver reculó.

¡Bang!

Oí un silbido a menos de una pulgada de la oreja izquierda y fue como si una suave brisa me acariciara la mejilla.

El pulgar de la misma mano amartilló el revólver y el tambor giró para alinear la siguiente recámara con el cañón. Pero antes de que la persona que me estaba disparando pudiera apretar de nuevo el gatillo, el coche aceleró perseguido por los gritos de Pulawa. Durante varios segundos, o varios minutos, o varias horas, fui incapaz de moverme, como la mangosta que está cruzando la carretera y se queda paralizada cuando ve acercarse los faros de un vehículo.

La bala impactó detrás de mí. Un fragmento de la fachada del Copacabana salió despedido y me hirió la nuca. Del corte comenzó a manar sangre, un hilillo que enseguida manchó de rojo el cuello de mi camiseta. Pero de todo eso no me enteré hasta más tarde. Porque lo único que ocupaba mi mente era el hecho de que el coche huido tenía la defensa trasera abollada y que repararla le iba a costar al propietario unos cuantos cientos de dólares.

35

¡Bang!

Cada vez que cerraba los ojos veía el cañón del revólver apuntándome, oía el estruendo del disparo, sentía la bala rozándome la mejilla.

Cuando Pulawa me trajo a casa, todavía quedaban un par de horas para que amaneciera.

—Gajes del oficio —se despidió Pulawa—, no le des muchas vueltas.

—¿También te han disparado?

—Más veces de las que me gustaría.

Kimo estaba durmiendo cuando me fui a la cama. La hoja de ti seguía colgada del marco de la puerta.

Me acosté de espaldas, bocabajo, de lado, de nuevo de espaldas. Por más que lo intentara, no conseguía conciliar el sueño.

El cañón del revólver.

El disparo.

La bala.

A la mierda con todo.

Me levanté de la cama con el cuerpo sudoroso y caminé

con sigilo hasta el cuarto de Lilinoe. Al pasar frente al dormitorio de *auntie* y *uncle* Kekahuna, oí voces. No era mi intención quedarme a escuchar lo que decían, pero la mención de mi nombre hizo que me detuviera delante de la puerta cerrada.

—¿Quieres saber qué es lo que temo? —le recriminaba *auntie* a su marido—. Temo que Kai acabe destruyendo a esta familia.

—Tonterías.

—No son tonterías. Sabes bien que nunca deberías haberlo traído a esta casa.

—Kai es parte de la familia y no se te ocurra decir lo contrario —dijo *uncle* Kekahuna acentuando cada una de las sílabas.

Me alejé de la puerta porque no quería seguir escuchando lo que decían, con tan mala suerte que la madera del suelo crujió.

—¿Quién anda ahí? —gritó *uncle* Kekahuna—. ¿Eres tú, Kai?

Hui de puntillas hasta el dormitorio de Lilinoe y me quedé de pie a pocos pasos de su cama, indeciso, hasta que Lilinoe apartó la sábana y me acosté al lado de su cuerpo tibio. Unos rostros plastificados me miraban desde lo alto de la cómoda.

—¿Todavía juegas con muñecas? —le pregunté.

—¿Por qué iba a seguir jugando con muñecas si te tengo a ti? —replicó con voz adormilada.

—No soy uno de tus juguetes.

—Por supuesto que lo eres.

Las voces de *auntie* y *uncle* Kekahuna se colaban amortiguadas por debajo de la puerta. Cuando poco después tragué saliva y noté un regusto metálico, me di cuenta de que me había mordido la lengua hasta hacerme sangre.

36

Kimo me vio salir esa mañana del dormitorio de Lilinoe. Me había despertado la voz grave del locutor de radio que siempre acompañaba a *uncle* Kekahuna mientras se afeitaba. Me levanté con cuidado para no despertar a Lilinoe, abrí la puerta de su cuarto y me encontré de bruces con Kimo. No por primera vez, deseé que la tierra me tragara. Di un paso a mi derecha para esquivarlo. Pero Kimo dio un paso a su izquierda. Cuando me tocó a mí el turno de dar un paso a mi izquierda, Kimo dio a su vez un paso a su derecha.

—¿Qué diablos te traes entre manos con Lilinoe? —dijo.

—No es asunto tuyo.

—Se trata de mi hermana, por supuesto que es asunto mío —replicó alzando la voz.

—Por favor, no grites.

—No quieres que mis padres se enteren de que andas jugueteando con su hija, ¿no es eso?

Por suerte, me salvó Naone.

El encontronazo con Kimo pasó a segundo plano porque *uncle* Kekahuna estaba convencido de que Naone era el culpable de todo lo ocurrido hasta ahora: de la auditoría fallida del restaurante, del cierre temporal de la lavandería automática, del reciente destrozo del túnel de lavado, incluso del disparo.

¿De verdad había intentado Naone matarme?

Esa misma mañana, *uncle* Kekahuna me pidió que lo acompañara al campo de tiro. La pista de acceso cruzaba un antiguo molino azucarero. Las paredes de piedra estaban caídas y solo la chimenea había conseguido resistir el envite del tiempo. El cañaveral salvaje se extendía hasta el horizonte.

—Mi padre trabajó toda su vida cortando caña de azúcar hasta que cerraron la plantación —rememoró *uncle* Kekahuna cuando dejamos atrás el molino—. Cuando lo despidieron, lo único que le quedó fue la botella de *whisky*.

Lo miré con curiosidad porque nunca le había oído hablar de su padre. Su voluminoso cuerpo estaba prensado entre el volante y el asiento. Con cada bache, la parte inferior del volante se incrustaba entre las carnes de su barriga.

—Los campos se quemaban antes de la cosecha —dijo—, cuando la caña estaba madura. La humareda ennegrecía el cielo durante horas y las mujeres no podían tender la ropa fuera porque se ensuciaba con el hollín. La caña quemándose sonaba igual que los fuegos artificiales de fin de año y el olor del humo era a la vez dulce y agrio.

—¿Por qué se quemaba la caña?

Giré la cabeza para echar un último vistazo al molino, pero la nube de polvo que levantaba la camioneta escondía por completo los restos de piedra.

—Para deshacerse de las hojas y dejar solo los tallos —respondió *uncle* Kekahuna—. La quema facilitaba el corte y el transporte de la caña.

Contó que los que quemaban los campos se llamaban *fireboys*. Recorrían el perímetro del cañaveral encendiendo pequeñas hogueras cada veinte pies o así. Cuando no quedaba más caña por quemar, el incendio se apagaba por sí mismo, no sin antes producir una inmensa nube con forma de hongo, como si fuera la explosión de una bomba atómica. Unos minutos después solo había silencio, humo blanco y caña chamuscada hasta que las garcillas descendían para comerse las arañas y los insectos que habían huido del fuego.

—Tras las garcillas —siguió contando—, venían los buldóceres sin esperar a que se disipara el humo. —*Uncle* Kekahuna se quedó pensativo unos segundos, como si le costara escapar del laberinto de sus recuerdos—. A Ailani, de pequeña, le gustaba salir a la calle para atrapar las cenizas que caían del cielo.

Mis sentidos se aguzaron.

—¿Ailani? ¿Te refieres a mi madre?

—¿Sabes qué fue lo único que me dejó mi padre? —añadió sin dar muestras de haberme escuchado—. Lo único que me dejó fue una cuenta corriente vacía. Por eso no voy a permitir que Naone destruya lo que con tanto esfuerzo he construido.

—¿Conocías a mi madre? —insistí sin importarme Naone ni las cuentas corrientes vacías.

—¿Tu madre? —repitió *uncle* Kekahuna parpadeando como si acabara de salir de un trance—. ¿Quién ha dicho nada de tu madre?

Le pregunté de nuevo por mi madre porque estaba convencido de que había mencionado su nombre, pero por desgracia habíamos llegado al aparcamiento de grava del campo de tiro y *uncle* Kekahuna me silenció con un gesto airado.

Las instalaciones del campo de tiro eran rudimentarias. Tenían un par de baños portátiles y un patio cubierto desde donde los tiradores podían protegerse de la lluvia.

Frente a una diana de papel que se encontraba a unas

veinte yardas, *uncle* Kekahuna me ofreció una pistola, una Glock 17 con el armazón de color negro y la culata rugosa.

—Es tuya —dijo.

Nunca había empuñado una pistola y me sorprendió que fuera tan pesada. Me enseñó cómo cargar el arma, cómo introducir el cargador con las balas y retraer la corredera para que el primer cartucho ocupase la recámara. Aprendí también cómo quitar el seguro y empuñar la pistola: una mano encima de la otra, las piernas algo abiertas, las rodillas ligeramente flexionadas, el pie derecho por detrás del izquierdo, el cuerpo inclinado un poco hacia delante.

Cuando disparé por primera vez, me sobresaltó el ruido que hizo la pistola, el humo que desprendió el cañón, el olor acre de la pólvora.

Con cada disparo, el arma reculaba entre mis manos y el casquillo vacío salía despedido de la recámara.

Acción y reacción.

Me acordé de la cabra que tuvimos hace años. La cabra enfermó y se le paralizaron los cuartos traseros y no cesaba de balar. Hubo que sacrificarla y *uncle* Kekahuna decidió pegarle un tiro, un disparo al tronco encefálico para evitar que el animal sufriera. Pero *uncle* Kekahuna erró por una fracción de pulgada y, aunque la bala perforó el cráneo de la cabra, no mató al animal de inmediato. Los espasmos comenzaron a sacudir el cuerpo de la cabra. Le manaba sangre de los oídos y de la nariz. Su respiración era entrecortada. Tras soltar una maldición, *uncle* Kekahuna disparó de nuevo y esta vez sí que acertó. El cuerpo del animal se quedó inmóvil, con los ojos fijos y extintos.

Después de practicar cerca de una hora, *uncle* Kekahuna me miró con un atisbo de lo que parecía duda. Tras quizás convencerse de que había tomado la decisión correcta, regresamos al aparcamiento. Recuerdo que guardé la pistola bajo la

camiseta sudada, bien sujeta por la pretina elástica de mis
bermudas.

Kimo me ayudó a enterrar la cabra. Con el sol salvaje sobre
nuestras cabezas, cavamos un hoyo de unos tres pies de
profundidad. Luego, arrastramos con dificultad el cuerpo
muerto del animal y lo dejamos caer dentro del agujero.

37

Por supuesto, *uncle* Kekahuna no iba a perdonar a Naone. Tales son las reglas, un toma y daca.

Al día siguiente, a eso de las diez de la mañana, *uncle* Kekahuna condujo hasta un aparcamiento desierto a las afueras de Kona donde nos esperaban Pulawa, Otake, Leota y el mismísimo Ryder con su nuevo parche. La consigna de *uncle* Kekahuna era clara: sin cuartel. Con un bate de béisbol cada uno, nos encaminamos a uno de los burdeles de mala muerte controlados por Naone, con las luces de neón apagadas y un intenso olor a almizcle por el exceso de testosterona.

La mujer con el rostro cansino que estaba fregando el suelo cuando entramos huyó despavorida. Cinco minutos después, el antro no era más que botellas rotas, mesas partidas por la mitad y taburetes cojos. Recuerdo haberme quedado quieto mientras los demás se afanaban con los bates. Cuando Pulawa me apremió con un gesto iracundo de la cabeza, me encaminé a la pista de baile y, de un solo golpe, rompí el espejo que cubría una de las paredes. Cientos de fragmentos cayeron al suelo como una fina lluvia de cristal. Luego, les tocó el turno a los tubos fluorescentes del techo y a los vasos de la barra del bar.

Uno de los matones de Naone apareció de improviso subiéndose la cremallera del pantalón y con los ojos aún con legañas. Sin pensármelo dos veces, dejé caer de inmediato el bate de béisbol al suelo y le apunté con la pistola.

Recuerdo que la culata estaba fría y que todo desapareció, excepto el cañón del arma. Me temblaban las manos y el único sonido a mi alrededor era el estruendo de mi respiración.

Casi ni me di cuenta cuando *uncle* Kekahuna me arrebató la pistola y me asestó una bofetada.

—No apuntes a nadie si no vas a apretar el gatillo.

Escapé del burdel y corrí hasta la camioneta. Las arcadas que de repente me sobrevinieron me obligaron a postrarme de rodillas. Jugos gástricos y restos de comida sin digerir salpicaron una de las ruedas del coche dejándome un regusto ácido y amargo.

38

Nunca hubiera esperado que fuese *uncle* Kekahuna quien me diera la dirección de Clarice Adler. Después de lo del burdel, me llevó aparte. Pensé que me iba a reprender de nuevo, pero tras devolverme la pistola, se limitó a darme un pañuelo para que me limpiara la boca y un trozo de papel con una dirección anotada.

—¿Clarice Adler? —le pregunté tras leer el nombre que encabezaba la nota.

—No fue fácil averiguar dónde vive.

—¿Por qué me estás ayudando?

—Porque sé que no pararás hasta que sepas quién mató a tu madre.

Me limpié los restos de vómito de la boca y de la barbilla con el pañuelo.

—¿De verdad crees que Mike Perterson mató a mi madre?

—Eso pregúntaselo mejor a Clarice Adler.

Una hora después, aparqué frente a la dirección que me había proporcionado *uncle* Kekahuna. El cielo tenía aquella tarde un color pardo. El viento soplaba del sur y había traído consigo los gases que emitía el volcán Kīlauea. El *vog* podía olerse, hasta paladearse. Si el viento no cambiaba pronto, la gente comenzaría a quejarse. Ojos irritados, tos, dificultad para respirar, dolor de cabeza.

La fachada de la casa donde vivía Clarice Adler estaba descolorida y el seto que delimitaba el jardín llevaba meses sin ser podado. Me abrió la puerta una mujer de unos cincuenta años con el pelo teñido de un rojo caoba. El *vog* venía acompañado también por un calor tórrido y Clarice Adler se había desprendido del sujetador. La camiseta de tirantes que tenía puesta dejaba entrever los pezones oscuros y la curva de sus pechos caídos.

Me quedé mudo cuando, de repente, me encontré frente a la mujer que quizás supiese lo que había ocurrido quince años atrás. Clarice Adler esperó con paciencia a que hablara. Supondría que mi intención era venderle algo. Una aspiradora o el mejor quitamanchas del mundo. Cuando le pregunté por Mike Perterson, fue como si le desapareciese por completo el color del rostro. Se le crisparon los nudillos de la mano con la que asía el pomo de la puerta y replicó con voz temblorosa que no conocía a ningún Mike Perterson.

—Mi madre era Ailani Naeole —solté cuando la mujer estaba a punto de cerrar la puerta.

Al oír el nombre de mi madre, Clarice Adler dejó escapar un grito ahogado y retrocedió uno o dos pasos.

—¿De verdad eres el hijo de Ailani? —me preguntó.

Cuando asentí con la cabeza, me invitó a entrar con un gesto nervioso y la seguí hasta un diminuto salón con el ventilador del techo encendido. Las aspas del ventilador crujían al girar.

Crac, crac.

—No sé qué te habrán contado, pero Mike no mató a tu madre —musitó Clarice tras indicarme que me sentara. El asiento de la butaca se hundió con mi peso y me sentí ridículo con las rodillas casi a la altura de los hombros. Clarice se sentó enfrente, acolchada por los enormes cojines de un sofá de mimbre—. Estoy segura de que Mike y tu madre fueron asesinados por la misma persona.

—¿Mike Perterson está muerto?

—Lo mataron poco después que a tu madre.

Clarice me contó a continuación la historia de aquellos días entre resuellos y gimoteos. Las palabras se le atropellaban, como un niño que estuviera relatando la pesadilla que acababa de tener. Mientras, el ventilador seguía girando, incapaz de refrescar el cuarto.

Crac, crac.

Comencé a sudar y la piel se me pegó a los reposabrazos de la butaca.

—Mike vino esa noche a casa, la noche que murió tu madre. Otra casa —dijo Clarice con la voz quebrada mirando con disgusto los muebles del salón—. Más grande, un buen barrio, pero tuve que malvenderla al poco tiempo.

Por lo visto, Mike estaba aterrorizado. Había ido al apartamento de mi madre, pero no fue ella quien le abrió, sino un hombre. Por la puerta entreabierta vio a mi madre inconsciente, el suelo alrededor de su cabeza manchado de sangre, el cristal de la mesita del salón hecho añicos. Otro hombre estaba agachado junto al cuerpo de mi madre. Había colocado un dedo debajo de su nariz como si estuviera confirmando si estaba muerta o no. El hombre que le había abierto la puerta intentó retenerle, pero Mike huyó despavorido escaleras abajo.

—Mike conocía a los dos hombres, aunque nunca me dijo quiénes eran, solo que eran peligrosos y que debía esconderse una temporada. —Clarice emitió un sollozo entrecortado y se limpió las lágrimas que le humedecían las mejillas—. Me pidió que huyéramos juntos y así lo hice. Le quería tanto que hubiera hecho cualquier cosa por él. Huimos casi con lo puesto. Solo tuve tiempo de coger un par de mudas de ropa y apenas unos cientos de dólares con los que sobrevivir hasta que pudiéramos regresar.

—¿Dónde os escondisteis?

—Mike conocía a un tipo que tenía una cabaña junto al mar. La cabaña estaba aislada, rodeada por palmeras, matorrales y lava negra que se extendía hasta el horizonte, tan cerca de la orilla que podía saborearse la sal del mar. —Clarice se cubrió el rostro con las manos—. Nos encontraron dos días después.

El ventilador seguía luchando una batalla perdida contra el calor sulfuroso que había traído el *vog*.

Crac, crac.

Entre hipos, Clarice rememoró el todoterreno que llegó a toda velocidad por la pista. Mike salió de la cabaña con la intención de enfrentarse a los ocupantes del vehículo. Ella permaneció escondida dentro, pero lo vio todo a través de los barrotes del único ventanuco. Nada más bajarse del coche, el conductor le pegó un tiro a Mike. Quizás intercambiaran antes unas palabras, Clarice no estaba segura.

—Ocurrió demasiado deprisa —añadió—. Mike avanzó hacia el coche con el mismo desparpajo con el que se colaba por el área del equipo contrario para anotar una canasta. Un segundo después se desangraba sobre la tierra seca de la pista.

—¿Reconociste al conductor? —pregunté esperanzado.

Clarice me miró con los ojos enrojecidos y se frotó los dientes de delante con la yema de un dedo.

—Nunca podré olvidarme de él. El bastardo sonrió antes de disparar y vi que tenía los dientes de oro.

Clarice continuó hablando. Se lamentó por perder tanto al hombre que amaba como la licencia de médico. El hospital donde trabajaba la despidió al descubrir que expedía recetas falsas. Tendría que haberle preguntado cómo podía seguir prescribiendo medicamentos si había perdido la licencia, pero no me quedaban fuerzas.

Me estaba ahogando y el único sonido que existía a mi alrededor era el de las aspas del ventilador.

Crac, crac.

Me levanté con tanta precipitación que por poco tiro la butaca donde estaba sentado.

—¿Cómo se apaga el ventilador? —pregunté con urgencia.

Clarice señaló la cadena que colgaba del aparato.

Di dos zancadas hacia el centro de la habitación y tiré con fuerza de la cadena. Las aspas del ventilador empezaron a girar más despacio hasta que por fin se detuvieron.

39

Me acordé de la leyenda del semidiós Māui y del dragón Kuna, un enorme lagarto con el cuerpo cubierto por escamas negras. Otra de las muchas historias que nos había contado *auntie*. Kuna estaba enamorado de Hina, la madre de Māui. Por las mañanas, Hina solía sentarse a cantar frente a la entrada de su cueva mientras el dragón se escondía detrás de unos árboles para poder admirar a la diosa sin ser descubierto.

La cueva de Hina estaba protegida por el velo de agua de las Rainbow Falls. Conozco bien esas cascadas de cerca de cien pies de altura que crea el río Wailuku. Temprano, a eso de las diez de la mañana, cuando el sol ilumina las cascadas, a veces se forma un arcoíris y los turistas se ponen a sacar fotos como locos. Cuando estás allí, es fácil imaginarse al enamorado Kuna observando desde la lejanía a Hina, hermosa, esbelta, con el cabello hasta la cintura, vestida con los colores del arcoíris. Pero la diosa aborrecía el cuerpo reptiliano de Kuna, su piel dura y escamosa, por lo que el dragón, consumido por el despecho, decidió asesinarla.

Un día, cuando Māui dejó sola a su madre para ir a pescar,

Kuna arrastró una gigantesca roca hasta la entrada de la cueva donde vivía Hina y bloqueó el río. El nivel del agua subió con rapidez hasta inundar la cueva protegida por las Rainbow Falls. La diosa, atrapada por el agua, a punto de ahogarse, pidió ayuda. Sus gritos, cada vez más despavoridos, descendieron por el río y navegaron por el mar hasta alcanzar la canoa de su hijo. A Māui le bastaron dos paladas con su remo para llegar a la desembocadura del río Wailuku. Ascendió por el río y, con un único golpe de su garrote, consiguió partir por la mitad la roca que bloqueaba la cueva.

El semidiós había rescatado a su madre, pero tal era su furia que decidió vengarse de Kuna. El dragón huyó despavorido ante la cólera de Māui y pensó que las profundas piscinas que se formaban corriente arriba le podrían servir de refugio. Sin embargo, Māui descubrió la grotesca sombra del dragón oculta bajo la superficie cristalina del río y pidió ayuda a Pele. La diosa del fuego, desde la cima de su volcán, lanzó rocas de lava fundida que hicieron hervir el agua. Supongo que Māui solo logró aplacar su ira al oír los gritos de dolor que debió de emitir Kuna mientras se escaldaba vivo.

El victorioso Māui arrastró el cadáver del dragón hasta las Rainbow Falls para que su madre pudiera deleitarse con el cuerpo sin vida del monstruo que tanto la había atemorizado. Una larga isla de roca negra a los pies de la cascada es la única prueba de la existencia de Kuna. El invierno anterior, un *haole* había intentado cruzar el río hasta la roca negra, pero la fuerte corriente lo arrastró hasta el mar y no encontraron su cuerpo hasta varios días después.

—¿Qué quieren los caminantes nocturnos? —le pregunté a Crazy Pahupu tras hablar con Clarice Adler.

El mendigo olía a sudor, a costras de mugre, a cientos de noches a la intemperie durmiendo bajo unos cartones. Unos rumoreaban que se había vuelto loco al volver de la guerra. ¿Qué guerra? La verdad es que ni idea. Otros aseguraban que tenía un tornillo suelto desde mucho antes de alistarse.

Crazy Pahupu estaba sentado junto a las puertas acristaladas del supermercado. Con una mano pedía dinero mientras que con la otra sujetaba el carro con las bolsas de basura. Supuse que tendría miedo de que un crío maleducado se lo robara. Le ofrecí unas monedas de un cuarto de dólar y me acuclillé a su lado. Cada vez que las puertas del supermercado se abrían, escapaba un soplo frío del interior.

Crazy Pahupu cuchicheaba algo. Me costó entender lo que decía, pero enseguida identifiqué los primeros versos del cántico que narra la creación del universo.

O ke au i kahuli wela ka honua.

—Estaba seguro de que también los habías visto —masculló Crazy Pahupu después de recitar otro verso del cántico.

Tenía un chicle de color azul enredado entre los mechones blancos que le cubrían parte del rostro.

—¿Qué quieren? —le pregunté de nuevo.

—Quieren lo que todos los que mueren antes de tiempo.

—¿Justicia?

Crazy Pahupu me sonrió. Le faltaban los dientes de delante y la piel de su cara tenía la textura de un higo secado al sol.

—Los muertos son crueles —dijo—. Lo único que quieren es venganza.

O ke au i kahuli lole ka lani.

Una mujer que arrastraba de la mano a un niño de cinco o seis años tiró algo a una de las papeleras. El niño estaba llorando, quizás querría que su madre le comprara unas chucherías. Crazy Pahupu se levantó con el vigor de un adolescente y recuperó de la papelera el vaso de plástico que acababa de tirar la mujer. Tras deshacerse de la tapa y de la pajita, olfateó el interior del vaso y, con una sonrisa triunfante, regresó a su puesto junto al carro.

O ke au i kukaʻiaka ka la.

—¿Qué tengo que hacer para que no me atormenten más?

—Tienes que darles lo que quieren. —El mendigo bebió un sorbo del vaso que había recuperado de la papelera. Un refresco de cola, supuse al ver el hilillo oscuro que le bajaba por las comisuras de los labios.

—¿Qué podría ocurrirme si no lo hago?

—Lo intenté una vez, ¿sabes? Darles lo que querían. Pero los caminantes nocturnos no debieron de quedar satisfechos porque sigo viéndolos cada noche.

—¿Qué te pidieron?

Crazy Pahupu terminó de beberse el refresco de cola y guardó el vaso dentro de una de las bolsas de basura.

—Creo que antes tenía una familia —balbució—. O quizás me los he imaginado y nunca existieron de verdad. Pero maté a una persona. Fue un accidente, pero maté a uno de los soldados de mi pelotón. El soldado apareció acompañado por los caminantes nocturnos varios años después. Con su uniforme de gala. —El mendigo miró por encima de mi hombro como si buscara a alguien—. ¿Los has visto? ¿Has visto a mi familia?

E hoʻomalamalama i ka malama.

Crazy Pahupu parecía haberse olvidado de mi presencia. Cerró la bolsa de basura con un fuerte nudo y se alejó empujando el carro.

Antes de desaparecer entre los coches aparcados, no obstante, se detuvo un momento.

—Dales lo que quieren —me gritó—, cueste lo que cueste.

Cuando llegué a casa después de hablar con Crazy Pahupu,

uncle Kekahuna me preguntó si había obtenido las respuestas que buscaba.

—Quiero la cabeza de Kalani —dije.

—¿Estás seguro?

Asentí con la cabeza.

Estaba seguro.

40

Unas horas después —no sé cuántas, cinco, seis, ocho—, la luz de mi linterna iluminaba el enorme cuerpo bamboleante de *uncle* Kekahuna. Caminábamos por una colada reciente. Unos años atrás, una gigantesca lengua de lava había arrasado el pueblo de Kalapana sin que sus habitantes pudieran hacer nada por evitarlo. La lava descendió por las calles del ahora pueblo fantasma, incendió casas y coches, enterró bajo varios pies de roca negra los jardines y las señales de tráfico. A lo lejos, menos de media milla al sur, una nueva colada incandescente descendía imparable y una humareda se levantaba donde la lava caía al mar. La oscuridad de la noche hacía que el río de lava brillara todavía más y el olor a azufre era intenso. Me pareció apropiado. Igual que Pele había ayudado a Māui a vengarse de Kuna, también me ayudaría a mí a vengar la muerte de mi madre.

Esa misma tarde, *uncle* Kekahuna me había dicho que conocía el paradero de Kalani.

—¿Estás seguro? —me preguntó de nuevo antes de que me subiera a la camioneta.

—Estoy seguro.

Ninguno de los dos dijo nada más. Los únicos sonidos que nos acompañaron fueron el ruido del motor y el repiqueteo de unos discos macizos que, con cada curva, se desplazaban de un lado a otro de la caja trasera de la camioneta.

Cuando llegamos a nuestro destino, *uncle* Kekahuna me indicó que lo siguiera y atravesamos la lengua de lava negra. Las irregularidades del terreno se me clavaban a las suelas de goma de las chanclas.

Desde mi conversación con Clarice Adler, me había sentido como un perro de caza al que hubieran enjaulado sin agua ni comida. Pero cuando vi al hombre con las manos atadas a la espalda que estaba arrodillado entre Pulawa y Ryder, supe que había comenzado la cacería.

Iluminé con la linterna al hombre arrodillado. Kalani tuvo que bajar los ojos porque le cegaba la luz y esa pírrica victoria me colmó de satisfacción. Tenía el rostro ensangrentado, un párpado hinchado, el labio inferior partido, el lado izquierdo de la barbilla coloreado de azul. Sonrió nada más ver a *uncle* Kekahuna y distinguí con claridad el brillo metálico de su dentadura dorada.

—Tus chicos no me han dicho aún qué cojones hago aquí —masculló mientras intentaba, sin éxito, deshacer el nudo que le ataba las muñecas.

—Cállate, maricón —le ordenó Pulawa.

Kalani se giró para mirar a Pulawa.

—No hace falta que pierdas los nervios, *old friend*. Todavía recuerdo cuando mis preferencias no te disgustaban.

—Cállate de una maldita vez —ladró Pulawa antes de propinarle una patada salvaje que casi le fractura la mandíbula. Kalani escupió un borbotón de sangre.

Observé con detenimiento las cicatrices del rostro de Kalani, como esculpidas por un crío al que le hubieran permitido jugar con un cúter. Sin desviar la mirada, le di mi linterna a Ryder y, con una lentitud que quizás resultase teatral, cogí la pistola que llevaba a la espalda, le quité el seguro y apunté con el cañón a Kalani.

Muy a mi pesar, el guardaespaldas de Naone se percató de que me temblaban las manos.

—¿Has apretado alguna vez el gatillo de una de esas, *beautiful*? —Kalani se lamió despacio los labios—. ¿Sabes? Me acuerdo de ti siempre que se me pone dura.

Pulawa le pegó otra patada y el cuerpo de Kalani se dobló por la mitad.

—¿Por qué mataste a mi madre? —le pregunté con voz ronca, furioso conmigo mismo porque no lograba impedir que el cañón de la pistola bailara delante de mis ojos.

Kalani parpadeó varias veces.

—¿Quién coño es tu madre?

Cuando le dije quién era mi madre, un gesto de reconocimiento se extendió por su rostro desfigurado.

—Sé que primero mataste a mi madre y que luego le pegaste un tiro a Mike Perterson porque lo vio todo —añadí.

Me deleité al notar cómo se aceleraba su respiración, cómo le palpitaban las comisuras de los labios, cómo su camisa sudada se adhería a su torso.

—Reconozco haber matado a Perterson —confesó—. Se lo merecía, no te equivoques.

Me di cuenta entonces del tatuaje que le adornaba el bíceps, un brazalete de triángulos negros. Dientes de tiburón. Conocía la leyenda. Una mujer estaba nadando cuando, de pronto, un tiburón le mordió un pie. La mujer le preguntó al animal por qué la atacaba. «¿Acaso no sabes que el tiburón es mi espíritu protector?», le reprochó. El animal soltó a la mujer, no sin antes asegurarle que no la atacaría de nuevo porque, a partir de ahora, podría reconocerla. «¿Cómo?», quiso saber ella. «Por las marcas que mis dientes han dejado alrededor de tu tobillo», respondió el tiburón. Desde ese día, muchos se tatúan dientes de tiburón como protección.

—Desabróchale la camisa —le ordené con urgencia a Ryder.

—¿No preferirías desabrochármela tú? —se burló Kalani guiñándome un ojo, esta vez con menos desparpajo, el último volador antes del final de la fiesta.

Ryder me miró indeciso, pero cuando *uncle* Kekahuna asintió con la cabeza, desabrochó uno a uno los botones de la camisa de Kalani. Fue entonces cuando vi el enorme tiburón que le cubría todo el torso, desde el ombligo hasta el hombro derecho.

La marca del tiburón.

Nanaue.

Traté de empuñar la pistola con firmeza.

—¿Te faltan agallas, *pretty boy*? —gruñó Pulawa alejándose unos pasos de donde estaba Kalani.

Conseguí por fin controlar el temblor del dedo índice y apreté el gatillo.

¡Bang!

La bala perforó el pecho de Kalani aún antes de que se oyera el sonido del disparo. De la herida comenzó a brotar sangre que pronto emborronó el tatuaje del tiburón.

Kalani bajó la cabeza para mirarse la herida y se echó a reír a carcajadas. Casi dejo caer el arma porque lo que esperaba era que el hombre se derrumbara al instante gimiendo de dolor. Pero Kalani continuaba riéndose y enseguida se sobrepuso al dolor del impacto. Con rapidez, logró ponerse de pie y se abalanzó contra mí.

Apreté el gatillo una segunda vez.

¡Bang!

Y una tercera.

¡Bang!

La segunda bala le entró por el centro del cuello. La tercera le taladró el hueso frontal del ojo derecho.

Esta vez sí.

Kalani se derrumbó y su cuerpo acabó tendido a mis pies entre las rocas de lava.

Los ciempiés de la isla muerden. Pueden medir más de diez pulgadas, son de color rojizo y muerden. Recuerdo que arrastraba un tren de juguete por el suelo cuando un ciempiés me mordió la mano. El dolor fue tan acuciante que me eché a llorar. Mi madre corrió detrás del ciempiés con una escoba, pero el bicho consiguió escabullirse debajo de la nevera.

Como no paraba de llorar, mi madre me besó primero la mano y, luego, dibujó un gran círculo con los brazos representando el sol. *Three days sunshine*, cantó.

Puso las manos encima de su cabeza y movió los dedos. Sin dejar de agitarlos, bajó las manos hasta la altura del pecho, como si estuviera imitando cómo cae la lluvia. *Three days rain*.

Cogió mi mano entre las suyas y besó por segunda vez el lugar donde me había mordido el ciempiés. *Little hand, all well again*.

Cuando me besó de nuevo la mano, me eché a reír porque la mordedura había dejado de dolerme.

No podía desviar la mirada del cuerpo agonizante de Kalani. Incluso con tres disparos, no murió al instante. Como la cabra que *uncle* Kekahuna tuvo que matar cuando éramos niños, la respiración de Kalani se volvió cada vez más dificultosa y su cuerpo se estremeció durante unos interminables segundos hasta que cualquier atisbo de vida desapareció por fin de sus ojos. Solo entonces levanté la cabeza: los chicos, *uncle* Kekahuna, el paisaje volcánico que nos rodeaba. Parecía la viñeta de un cómic, una escena irreal dibujada con una pluma estilográfica. Me temblaban las manos y dejé caer la pistola al suelo. El ruido que hizo el arma al impactar contra las rocas rompió el silencio que se había instaurado tras mitigarse los ecos del tercer disparo. No recuerdo bien lo que ocurrió después. Quizás me pusiera a llorar o a reír a carcajadas o a gritarle a la noche como un poseso. O quizás no hiciese nada de eso y me limitara a observar como un tonto el teatro de sombras a mi alrededor.

Cuando me acordé de pestañear y salí del estupor que me embargaba, me di cuenta de que *uncle* Kekahuna le daba la bienvenida a alguien. De detrás de la luz de una linterna surgió la figura del *sergeant* Ikeda, vestido de paisano.

—Te agradezco que hayas venido —le dijo *uncle* Kekahuna.

El policía se plantó delante del cuerpo inerte de Kalani.

—¿El arma? —preguntó.

Uno de los chicos, no recuerdo si Pulawa o Ryder, le indicó dónde había caído la pistola.

Ikeda se puso unos guantes negros de piel, cogió con dos dedos el arma del suelo y me la ofreció. Dudé unos segundos antes de aceptarla. La culata estaba fría y tuve la impresión de que la pistola se había vuelto más pesada. A continuación, el policía asió el cuerpo de Kalani por las axilas y me miró expectante.

—¿A qué esperas? —me dijo.

—¿No necesitaría también unos guantes?

Ikeda se echó a reír.

—El chaval quiere unos guantes. ¿Quién tiene otro par? —vociferó—. Déjate de estupideces y ayúdame.

Agarré las piernas de Kalani por los tobillos y, entre los dos, recorrimos las más de cien yardas que nos separaban del acantilado. El cuerpo de Kalani pesaba tanto y el terreno era tan irregular que, más de una vez, tuvimos que detenernos para descansar y recuperar el aliento. Los resoplidos de Ikeda por el sobresfuerzo constituían la única banda sonora del que estaba siendo el cortejo fúnebre de Kalani. Quise preguntarle al policía por qué el cadáver aún no estaba rígido, pero no me atreví.

Soltamos de nuevo el cuerpo de Kalani tras alcanzar el borde del acantilado. Treinta pies más abajo, las olas arremetían sin concesión contra las rocas. La brisa me azotó el rostro con violencia y el olor del mar me envolvió por completo.

—No te muevas —me ordenó Ikeda antes de retomar el camino de vuelta.

Esperé de pie, inmóvil, porque tenía la impresión de que si me movía lo más mínimo, me seguiría la mirada de Kalani. Estaba convencido de que el guardaespaldas de Naone me observaba desde las mismísimas puertas del infierno.

Ikeda regresó después de cinco o diez minutos. Cargaba dos pesados discos, los mismos discos que *uncle* Kekahuna había traído consigo. Con unos trozos de cuerda que el policía sacó del bolsillo de su pantalón, atamos un disco a cada una de las piernas de Kalani. Hierro macizo. De veinticinco libras cada uno. Por último, con un gruñido final, Ikeda empujó el cuerpo con las manos hasta que cayó por el borde del acantilado. Me sobresalté porque el estruendo del cadáver al golpear el agua sonó igual que un disparo.

A lo lejos, se veía la humareda rojiza que producía la lava incandescente al precipitarse al mar. Sí que resultaba apropiado. Pele había calcinado al dragón Kuna lanzando rocas de lava fundida desde la cima de su volcán. Quizás el cuerpo de Kalani acabara también abrasado como el del dragón.

—¿Por qué no saltas y nos ahorramos más problemas? —dijo de sopetón Ikeda.

El rostro de Ikeda era solo una sombra desdibujada. Me resultó imposible discernir si se burlaba de mí o si, por el contrario, estaba dispuesto a tirarme también al agua.

Por suerte, unas luces se acercaban por la izquierda. Un barco con turistas, supuse. Navegar hasta el lugar donde la lava desciende al mar es una de las grandes atracciones que ofrece la isla. Todos los días, varios barcos zarpan de madrugada cargados con *haoles* deseosos de presenciar el poder de la diosa Pele.

—Hora de irse —dijo el policía.

43

Sabía que muchos peces podían alimentarse de cadáveres. Como las ratas y los ratones, los peces pequeños suelen empezar primero por los dedos de las manos y de los pies, por los lóbulos de las orejas, por los labios y por la nariz. Los peces grandes son capaces de ocasionar heridas más graves mientras que los tiburones pueden desgarrar y tragarse por completo un brazo o una pierna.

¿Se comerían los peces el cadáver de Kalani?

Desarmé la pistola con cuidado: el armazón, la corredera, el cañón, la varilla, el resorte. Limpié con un paño los restos de grasa y pólvora de cada una de las piezas. Esparcí luego unas gotas de disolvente con un cepillo de dientes tal como me había enseñado *uncle* Kekahuna. Con un cepillo más estrecho, eliminé toda la porquería del interior del cañón. Por último, lubriqué todo con unas gotitas de aceite y volví a armar la pistola.

—Sabes que Kalani no es más que un mandado, ¿verdad? —me había recordado *uncle* Kekahuna durante el regreso a casa—. No haría nada sin que Naone se lo ordenase.

Tras armar la pistola, retraje la corredera varias veces para asegurarme de que funcionara bien y, con los brazos extendidos, apunté primero al reflejo que me devolvía el espejo del armario. Después, a la puerta cerrada de mi dormitorio.

Estaba amaneciendo cuando *uncle* Kekahuna aparcó la camioneta delante de casa y el horizonte comenzaba a teñirse de naranja.

—Tendremos que encargarnos de Naone lo antes posible —dijo nada más apagar el motor del vehículo.

Apreté el gatillo varias veces y sentí cómo se accionaba el mecanismo de la pistola. Un mecanismo diseñado para matar: la corredera que se desplaza hacia atrás y, de nuevo, hacia delante; los resortes del cañón y de la empuñadura que se contraen y expanden; el martillo que golpea el percutor.

La puerta de mi cuarto se abrió de sopetón y, de pronto, me encontré apuntando a Lilinoe con la pistola. Bajé el arma, pero Lilinoe me la arrebató sin que pudiera impedírselo. Se acababa de duchar y el pelo mojado le había humedecido la espalda de la camiseta. Olía a champú y a crema hidratante.

Lilinoe se puso delante de mí con las piernas algo separadas y me apuntó con el arma.

—¿No crees que el amor puede ser un buen motivo para matar a alguien? —me preguntó con una sonrisa mientras dibujaba con el cañón una línea que iba de mi cabeza al centro de mi pecho.

—Devuélveme la pistola —le exigí.

—Solo si confiesas que te gusto.

Extendí el brazo con la intención de quitarle el arma, pero me detuve, sobrecogido, cuando oí el estallido metálico del mecanismo de la pistola al accionarse. Lilinoe había apretado el gatillo y recordé los tres disparos con los que había matado a Kalani, el ruido que hizo su cuerpo pesado al caer al mar. Me imaginé su cadáver hundiéndose hasta quedar atrapado por las rocas y el coral del fondo del océano.

—¿Cómo sabías que no estaba cargada? —le increpé enfurecido.

—No lo sabía. —Lilinoe tenía el rostro pálido y le temblaba el labio inferior. Tiró la pistola sobre la cama y huyó de la habitación dejando tras de sí un reguero de gotitas de agua.

Permanecí un buen rato observando aquel rastro húmedo, inmóvil. Cuando logré por fin borrar de mi mente el recuerdo de Kalani, cogí la pistola e inserté el cargador. Tres balas nuevas para reponer las usadas. Con el arma cargada bien sujeta a la pretina de mis bermudas, salí del dormitorio y avancé por el pasillo hacia las voces que escapaban del salón. Pulawa y Ryder aún no se habían ido a dormir. Con ojeras como medialunas negras, charlaban de pie junto al sofá. Otake y Leota se habían acercado para conocer las últimas noticias, pero se marcharon a los pocos minutos. De mi cuarto había oído las órdenes que les había impartido *uncle* Kekahuna. A pesar del peligro que suponía que Naone anduviera suelto, no había que descuidar el negocio.

—Encontraremos a Naone tarde o temprano —me había prometido *uncle* Kekahuna antes de bajarse de la camioneta.

Cuando me acerqué a la cocina para rebuscar algo de comer entre los restos del desayuno, me detuve un momento delante de la puerta que conducía al *lānai*. A través de la mosquitera, vi a *uncle* Kekahuna charlando fuera con Reid Ching, cerca del gallinero de *auntie*. El pelo engominado del contable brillaba con fiereza cada vez que las nubes dejaban el sol al descubierto. Mientras mordisqueaba una rebanada de pan a la que le había untado crema de cacahuete, pude escuchar parte de lo que hablaban. Mencionaron el restaurante, la lavandería automática, el túnel de lavado. El contable le aseguraba a *uncle* Kekahuna que nadie relacionaría esos negocios con la agencia inmobiliaria.

—La construcción del edificio de apartamentos no corre ningún peligro —le tranquilizó Ching—. Podremos seguir lavando el dinero como hasta ahora.

El *sergeant* Ikeda llegó cuando estaba comiéndome la segunda rebanada de pan. Miró con disgusto las gallinas que picoteaban sin cesar dentro del corral y se rascó la piel por encima de las cejas, enrojecida de forma grotesca por la psoriasis. Con aspecto aún cansado, anunció que acababa de despachar un coche de policía para que vigilase la casa.

—Quiero que mi familia esté protegida las veinticuatro horas del día —le dijo *uncle* Kekahuna.

—No te preocupes, he dado órdenes de que siempre haya un coche apostado frente a tu casa.

Pulawa se unió al grupo con tres zancadas enérgicas, las mismas zancadas con las que debía de haberse movido por el cuadrilátero cuando era boxeador profesional. Le dio la bienvenida a Ikeda con una palmada tan fuerte que el policía se vio obligado a dar un paso adelante para recuperar el equilibrio.

—No irás a actuar de nuevo por tu cuenta sin el permiso del patrón, ¿verdad? —le amenazó Pulawa—. La próxima vez, te romperé algo más que la mandíbula.

Ikeda negó efusivamente con la cabeza y se llevó sin querer la mano a la barbilla. Solo entonces me percaté del cardenal que le afeaba la parte derecha del mentón. La oscuridad de la noche anterior no me había permitido verlo.

Tras unos incómodos segundos, *uncle* Kekahuna le preguntó a Pulawa si tenía noticias de Kimo.

—¿Por qué me habrán maldecido los dioses con un hijo tan imbécil? —se lamentó *uncle* Kekahuna cuando Pulawa le contestó que no había conseguido averiguar dónde estaba escondido.

Los cuatro hombres continuaron hablando, pero no pude seguir escuchando lo que decían porque *auntie* me llamó desde el salón. Entre los cojines del sofá reconocí el rostro arrugado y los ojos velados por las cataratas de la anciana que había llevado a cabo el ritual de purificación. Le pregunté con la mirada a *auntie* cuál era el motivo de la presencia de la anciana, pero *auntie* se limitó a bajar la cabeza, distante, los brazos cruzados sobre el pecho.

La anciana me pidió que me arrodillara delante de ella. Sujetaba el mismo cuenco de la vez anterior, agua con sal marina. Se mojó los dedos con el agua y me salpicó la cara. Luego, añadió una pizca de cúrcuma dentro del cuenco mientras canturreaba algo. Me explicó que le rezaba a su *'aumakua*, la lechuza.

—Si prestas atención, podrás oír el batir de sus alas —agregó.

Aunque me concentré, no oí ningún aleteo, solo la respiración rasposa de la anciana. Me ordenó a continuación que me quitara la camiseta y, con las manos, me frotó la mezcla de agua con cúrcuma por todo el pecho mientras resumía el cántico.

Me di cuenta de que *uncle* Kekahuna nos observaba desde la puerta de la cocina. Con el rostro crispado, agarró a su mujer del brazo.

—¿Qué coño crees que estás haciendo?

—Lo que sea necesario para salvar a esta familia —respondió *auntie* tras zafarse de su marido.

—¿Mereció la pena? —me susurró de pronto la anciana. Durante un instante, tuve la impresión de que desaparecía el velo que le azuleaba los ojos.

—¿El qué? —pregunté mareado por el intenso olor de la cúrcuma. Seguía oyendo a los lejos las voces airadas de *auntie* y *uncle* Kekahuna.

—Matar a alguien.

—¿Qué otra cosa podía haber hecho?

—Podrías no haber matado a nadie.

—¿Pero no es eso lo que quieren los caminantes nocturnos? —mascullé confundido.

—¿Cómo puedes estar seguro de que es eso lo que quieren? —replicó la anciana mientras se secaba las manos con la falda de su *mu'umu'u*—. No es fácil saber lo que los muertos quieren de los vivos.

Cuando regresé a mi dormitorio, sentí de repente como si me faltara el aliento. Me llevé la mano al pecho porque el corazón me latía tan deprisa que no me habría sorprendido que acabara perforando un agujero entre dos costillas. Las piernas me fallaron y mi espalda resbaló por la puerta cerrada del cuarto.

44

Unos días más tarde, pasada la medianoche, Pulawa me pidió que lo acompañara. Condujo su Mustang amarillo hasta el sur de Kona y aparcó a una distancia prudencial de un garito con unas pomposas letras de neón. Uno de los antros de Naone.

—¿Qué hacemos aquí? —dije.

—Lo sabrás dentro de unos minutos.

La puerta del tugurio estaba protegida por un matón con cara de aburrimiento que llevaba una camisa estampada tan ceñida que los botones parecían estar a punto de desprenderse.

—¿Has matado a mucha gente? —le pregunté a Pulawa mientras giraba el dial de la radio. Música clásica, el anuncio de un seguro de vida, la noticia del incendio de una casa por culpa de una colilla encendida. Toda la familia había fallecido.

—Menos de la que me gustaría. —Pulawa me golpeó la mano con la que giraba el dial—. Deja de jugar con la maldita radio.

Apagué la radio y eché la cabeza hacia atrás. No pude evitar estremecerme y supuse que el fondo del océano escondería otros cadáveres aparte del de Kalani, meras pilas de huesos una vez que los peces y los cangrejos les hubieran devorado los ojos, las puntas de los dedos y hasta las tripas.

Las sirenas de cuatro coches de policía despertaron de pronto al matón. Los coches se arremolinaron frente al garito iluminando la fachada de azul y rojo.

—Por fin empieza el espectáculo —se congratuló Pulawa.

Uno de los policías apuntó al matón con su arma y le ordenó que se tirara al suelo. El matón levantó los brazos y obedeció las órdenes del policía. Otro policía desencajó con una fuerte patada las puertas del antro para permitir que sus compañeros entraran. Del interior escaparon gritos asustados y el sonido de cristales rotos. Recostado contra el capó de uno de los coches patrulla, el *sergeant* Ikeda observaba el despliegue como si fuera un director de cine que estuviese grabando la escena principal de su película.

Una camioneta surgió de repente de un callejón. Tras dar la curva con más velocidad de la debida, encaró la calle donde estábamos aparcados. El conductor nos guiñó un ojo cuando pasó por delante de nosotros.

Se trataba de Naone, sin lugar a duda.

—Esta vez no se me va a escapar —exclamó Pulawa pisando hasta el fondo el acelerador. El Mustang rugió con la excitación que debe de sentir el cazador cuando, tras mucho esperar, tiene su presa al alcance.

Seguimos a la camioneta por el entramado de calles de Kona. Naves comerciales, grandes explanadas con maquinaria pesada, concesionarios con cientos de coches a la venta. Casi perdimos de vista el vehículo cuando, de pronto, Naone giró a la izquierda. La calle ascendía por las faldas del volcán Hualā-lai, con casas escondidas entre helechos gigantes y el incesante croar de las ranas.

Comenzó a llover de forma torrencial. El limpiaparabrisas apenas daba abasto y el mundo iluminado por los faros se difuminó tras la gruesa cortina de agua. Pese a la temeridad con la que conducía Pulawa, la camioneta de Naone desapareció tras una curva cerrada. Avanzamos una milla más, retrocedimos, nos adentramos por una de las callejuelas. «Sin salida», rezaba un cartel escrito a mano, seguramente por uno de los vecinos.

Pulawa aporreó el volante mientras maldecía una y otra vez.

Permanecimos un rato sin movernos frente al cartel. Las gotas de lluvia repiqueteaban contra la chapa del Mustang y los brazos del limpiaparabrisas gemían con cada barrido. El fuerte olor a humedad se filtraba por las aberturas del aire acondicionado.

—Sal del coche —me ordenó de repente Pulawa cuando regresamos al cruce donde habíamos perdido el rastro de Naone.

—¿Por qué?

—Quiero que vigiles el cruce por si aparece de nuevo Naone.

—No pienso bajarme con la que está cayendo.

—¿Quieres o no atrapar a Naone? —replicó Pulawa.

—¿Qué vas a hacer tú mientras tanto?

—Conduciré hasta el final de la carretera, quizás encuentre algún rastro de la camioneta.

—¿Qué hago si aparece Naone? —le pregunté tras bajarme del coche. La lluvia me resbalaba por la frente y me resistía a soltar la puerta entreabierta del Mustang.

—Sé creativo, *pretty boy* —respondió Pulawa tras acelerar el coche. La puerta dio varios bandazos antes de cerrarse.

Me refugié bajo la espesa copa de un árbol. Estaba empapado y tenía la piel de gallina. La lluvia golpeaba con tanta virulencia el asfalto de la carretera que silenciaba el croar de las ranas y el cantar de los grillos. O a lo mejor, las ranas y los grillos se habían guarecido del chaparrón y estaban esperando a que escampara.

Recordé otra de las historias de *auntie*. Según contaba, llovía cada vez que alguien arrancaba las flores de un cierto árbol. El árbol se llama *ʻōhiʻa* y la flor, *lehua*. ʻŌhiʻa y Lehua eran amantes. ʻŌhiʻa era un guerrero. Alto, valiente. Lehua era la mujer más hermosa de la isla. Grácil, delicada. Fue un flechazo y los dos se prometieron amor eterno y vivieron felices hasta que la caprichosa diosa Pele se prendó un buen día de ʻŌhiʻa. Una mañana, Pele se le declaró al joven, pero ʻŌhiʻa estaba tan enamorado de Lehua que rechazó a la diosa. Pele, que no estaba acostumbrada a que le dijeran que no, se enfureció y maldijo a ʻŌhiʻa. Los brazos, el torso y las piernas del joven se retorcieron hasta adoptar la forma de un árbol. Al conocer el destino de su amado, Lehua lloró tanto que los demás dioses se apiadaron de ella. Desde entonces, Lehua acompaña a su querido ʻŌhiʻa. Él es un árbol de tronco retorcido. Ella, las flores rojas con forma de pompón que nacen cada año. Por eso llueve cuando alguien arranca una de las flores. Son las lágrimas de Lehua al verse separada de su amado.

Supuse que alguien debía de haber arrancado muchas flores porque la lluvia que estaba cayendo era torrencial.

De pronto, un todoterreno se detuvo delante de mí.

—Sube —me ordenó el conductor tras bajar la ventanilla.

Reconocí de inmediato la voz.

Kimo.

—¿Qué haces aquí? —le pregunté extrañado porque era el último lugar donde hubiera pensado encontrarme con él.

—Os seguí con el coche desde Kona.

—¿Por qué?

—Sube, que te estás empapando.

—Tengo que esperar por Pulawa.

—¿Vas a esperar bajo la lluvia a que te venga a recoger el maldito Pulawa?

Trepé al todoterreno sin pensármelo de nuevo y subí la temperatura del aire acondicionado porque estaba tiritando de frío.

—¿Dónde te has metido hasta ahora? —le recriminé—. Nos has tenido a todos preocupados.

—¿Por qué habríais de preocuparos por mí?

Quise contarle lo que había ocurrido. «Maté al guardaespaldas de Naone», estuve a punto de confesarle, pero no me salieron las palabras.

La lluvia cesó y, a medida que nos acercábamos a la costa, la frondosa vegetación fue dando paso a arbustos petisecos con hojas puntiagudas. La carretera circulaba siguiendo la costa, recovecos que escondían playas de arena blanca y salientes que desafiaban al mar.

Kimo marcó con el intermitente a la izquierda y se adentró por una estrecha pista de grava.

—¿No vamos a casa? —le pregunté.

—Todavía no.

Conocía el lugar donde desembocaba la pista. Kiholo Bay. Había ido más de una vez allí para hacer *snorkeling* porque era una zona que solían frecuentar las tortugas. Toda la bahía había sido un gigantesco estanque construido por uno de los reyes de antaño, un estanque repleto de peces. Cuentan que tenía un perímetro de cerca de dos millas y que el muro rondaba los seis pies de altura. Un hito arquitectónico, supongo, hasta que una erupción lo destruyó por completo hacía más de cien años.

Kimo continuó conduciendo dejando por detrás una nube de polvo. Aparcó frente a una cabaña que se encontraba a pocas yardas de la orilla. La casucha no era más que cuatro paredes mal levantadas y un techo construido con láminas metálicas. Antes de que Kimo apagara el motor del todote-rreno, los faros iluminaron a dos tortugas que dormitaban entre las rocas. La costa era una larga playa de cantos rodados. Piedras negras. Pensé que algunas de aquellas piedras podrían ser los restos de los muros que tantos años atrás cercaron el estanque donde pescaban los reyes.

Cuando salí del coche, me percaté de que había una camioneta de color plateado aparcada bajo las palmeras que crecían detrás de la cabaña.

Tuve un mal presentimiento que se confirmó cuando, del interior de la casucha, surgió un hombre con la complexión de un jugador de fútbol.

—Bienvenidos —tronó Naone.

Me llevé la mano a la pistola que tenía oculta bajo la camiseta, pero Kimo me la arrebató antes de que pudiera empuñarla.

45

—Kimo, dame la pistola y acompaña dentro a nuestro ilustre invitado —ordenó Naone.

Me revolví cuando Kimo me empujó para obligarme a entrar.

El interior de la cabaña estaba tan destartalado como el exterior. Tenía una única habitación. Por lo demás, polvo por doquier, un hornillo de gas, una mesa coja, varias sillas de plástico, una bombilla mustia de sesenta vatios. Manchas de humedad recorrían las paredes y el techo como las varices de unas piernas con problemas de circulación. Por un ventanuco comenzaban a entrar las primeras luces del amanecer. La luz matutina afeó aún más si cabe las paredes agrietadas de la casucha.

—¿Qué diablos crees que estás haciendo? —le musité a Kimo al oído. Esta vez conseguí agarrarle del brazo, pero Kimo se deshizo de mí con brusquedad. La cabeza me daba vueltas y más vueltas.

—No os peleéis —intentó apaciguarnos Naone—. Comportaos como buenos hermanos.

—Kai no es mi hermano —soltó Kimo.

Naone levantó los brazos, como el entrenador que pide tiempo muerto para interrumpir una jugada.

—¿Café? —sugirió Naone indicándome con un gesto de la mano que me sentara.

Kimo cogió una silla y la arrastró hasta una de las esquinas, lo más lejos posible de mí.

Naone encendió el hornillo y puso al fuego un cazo con agua. Luego, vertió unos sobres de café instantáneo dentro de unas tazas.

—Me temo que no es café cien por cien de Kona —se disculpó.

Me importaba bien poco de dónde fuera el café. Kona, Colombia o el maldito Brasil.

—¿Qué te prometió? —le pregunté a Kimo—. ¿Te prometió que encontraría a Aikane?

No debería haber mencionado el nombre de Aikane. Kimo se levantó furioso de la silla y creí que me pegaría un puñetazo. Por suerte, se limitó a abandonar la cabaña con un portazo que hizo temblar las planchas metálicas del techo.

—El chaval tiene mal genio, pero me ha sido de mucha utilidad. Conoce bien el negocio de su padre.

El agua había comenzado a hervir y Naone me ofreció una taza de café humeante. A continuación, se sentó al otro lado de la mesa. El interrogador y el interrogado. Solo faltaba uno de esos falsos espejos de dos caras como los de las películas de policías.

—Kimo no sabe nada del negocio de su padre —balbucí.

—Sabe más de lo que piensas, *kid*.

El ojo estrábico de Naone me enervaba. Era un alivio que estuviera sentado porque no creía que me aguantaran las piernas. Desistí también cuando intenté coger la taza porque me temblaban las manos.

Naone bebió un trago de café.

—Kimo no es realmente tu hermano, ¿verdad? Kekahuna te ha ocultado bien todos estos años. Hasta hace unos días, no me imaginaba que fueras el hijo de Ailani.

—No te atrevas a mencionar el nombre de mi madre —le amenacé.

Los músculos del ancho cuello de Naone se tensaron. Mi primera victoria, pero sabía que no era más que un caniche ladrándole a un pitbull.

—Pareces estar convencido de que maté a tu madre —señaló Naone con cierto hastío.

—Sé con certeza que mataste a mi madre.

—Mike Perterson mató a tu madre. O al menos así lo había creído hasta ahora. —Naone apuntó al exterior de la cabaña con el dedo índice—. ¿Sabías que Perterson murió aquí mismo?

Negué con la cabeza sin poder evitar que la mirada se me fuera al punto de la pared que señalaba el dedo de Naone.

—Perterson no mató a mi madre.

—Tonto de mí, por aquel entonces me fie de la Policía. Me enfurecí cuando me enteré de que Perterson era el principal sospechoso de la muerte de tu madre. Kalani le pegó un tiro justo donde está aparcado el coche de Kimo. Conoces a Kalani, ¿no es cierto? —Naone me miró con los ojos entrecerrados—. Corpulento, la cara con cicatrices, los dientes de oro. No consigo localizarlo desde hace varios días. ¿Sabes qué le ha podido ocurrir?

Bajé la cabeza porque estaba reviviendo los tres disparos que habían acabado con la vida de Kalani.

—¿Por qué mataste a mi madre? —Terminé la pregunta con un gallo, como si fuera un adolescente con granos al que le estuviera cambiando la voz.

Naone adelantó el cuerpo y su aliento me barrió el rostro.

—Me da igual que me creas o no, *kid*, pero no maté a tu madre.

Naone se levantó con brusquedad y, con una mueca de disgusto, tiró al suelo el café que todavía no se había bebido.

—Este café no se lo beberían ni las bestias.

El cemento poroso del suelo absorbió con rapidez el líquido aún caliente.

46

Naone me dejó encerrado dentro de la cabaña, a solas con el fantasma de Mike Perterson. Lo primero que hice fue intentar abatir la puerta con el hombro. Después, le di patadas hasta que se me rompió la tira de una de las chanclas. Cuando conseguí calmarme un poco, me asomé al único ventanuco. Un charco de agua marcaba el lugar donde había fallecido Perterson. Supuse que el charco lo había dejado el sistema de aire acondicionado del todoterreno de Kimo. Clarice había presenciado el asesinato oculta tras los barrotes de ese mismo ventanuco. ¿Se le aparecería a Clarice el fantasma de Perterson, incapaz como mi madre de saltar desde la gran roca que conduce a la tierra de los muertos?

El sol calentaba sin compasión las planchas metálicas del techo y el calor dentro de la casucha era insoportable. La camiseta se me pegaba al torso y perlas de sudor me cubrían los brazos.

Un ruido a mi espalda me sobresaltó de pronto. Una de las tazas se había caído y rodaba por el suelo. Durante una fracción de segundo, me imaginé al fantasma de Perterson vagando por la habitación, hasta que una salamanquesa verde con la cola partida escapó de dentro de la taza.

Me asomé de nuevo al ventanuco. Las mismas dos tortugas de antes seguían dormitando entre las rocas arrulladas por el vaivén de las olas. No eran más que meras tortugas, no espíritus protectores. Aunque fueran de verdad guardianes, no me auxiliarían. No como habían socorrido al abuelo de *uncle* Kekahuna.

Agarré con fuerza dos de los barrotes.

La vida que creía mía se estaba derrumbando igual que el estanque con muros de seis pies que una lengua de lava había destruido de la noche a la mañana. El rey que mandó construir el estanque no pudo predecir la erupción que lo arrasaría poco después. Tampoco a mí me estaba resultando posible controlar lo que ocurría a mi alrededor. Era como si una ola gigantesca se me viniera encima, un tsunami. Y lo único que pudiese hacer era contemplar inmóvil cómo se acercaba cada vez más.

Naone regresó al cabo de no sé cuántas horas.

—Kekahuna accedió al trato —anunció nada más abrir la puerta.

—¿Qué trato?

—Mi vida por la tuya.

Me miré los pies con desconsuelo.

La chancla con la tira rota era del todo inservible, así que me deshice de la otra y salí descalzo de la cabaña.

47

Naone condujo hasta una gasolinera y me ordenó que me bajara de la camioneta como el que abandona a un perro no deseado.

—¿Me devuelves la pistola? —me atreví a preguntarle con la puerta del coche entreabierta.

—Por supuesto, *kid*.

—Un día de estos días acabaré contigo, trato o no trato —mascullé mientras escondía el arma debajo de la camiseta.

Enseguida me arrepentí de haber lanzado tal amenaza, pero las palabras son como un chorro de agua. Una vez que se abre el grifo, el único destino del agua es correr hacia delante.

—Te estaré esperando —se despidió Naone con una media sonrisa.

Me encaminé descalzo hasta el banco que había frente a la tienda de la gasolinera. El asfalto estaba caliente y pisé un charco viscoso. Con mi mala suerte, seguro que era de aceite o de algo peor. Cuando llegué a la altura del banco, me senté a esperar porque Naone había dicho que *uncle* Kekahuna vendría pronto a recogerme.

Eran casi las cinco de la tarde y la gasolinera era un hervidero de coches. Una camioneta que arrastraba una lancha motora bloqueó por completo una de las filas de surtidores. La lancha medía cerca de quince pies de eslora y estaba equipada con una escalera de baño y un motor de al menos cincuenta caballos. Tres o cuatro meses atrás, Kimo me había propuesto que comprásemos un motor de segunda mano para nuestra vieja lancha. ¿Había transcurrido tan poco tiempo desde entonces? Sin darme cuenta, estaba apretando tanto los puños que los nudillos se me habían tornado de color blanco. Me costó un esfuerzo descomunal relajar los dedos de las manos.

El propietario de la lancha motora cogió uno de los dispensadores de gasolina y trepó a lo alto de la embarcación para llenar el tanque. Tendría pensado ir a navegar al día siguiente. Solo le faltaba una caña de pescar y un gorro para protegerse del sol.

Pronto, el único olor que pude distinguir era el de la gasolina y me dejé arrullar por la campana de la tienda, que sonaba cada vez que alguien abría la puerta.

La camioneta de *uncle* Kekahuna aparcó delante de mí una hora después. Tras quedarse mirándome un buen rato por la ventanilla bajada, *uncle* Kekahuna descendió del vehículo y se sentó a mi lado.

—¿Por qué estás descalzo? —me preguntó señalándome los pies sucios.

—Se me rompió la tira de una de las chanclas.

No me atreví a contarle nada de lo que había ocurrido, mucho menos que Kimo estaba compinchado con Naone. No se lo conté porque no sabía ni por dónde empezar, porque no quería romperle el corazón, porque aún tenía esperanzas de que Kimo se redimiese.

El propietario de la lancha motora tiró a la basura el recibo que había escupido el surtidor y, por fin, para alivio de la fila de coches que esperaban su turno, se marchó.

De repente, comenzó a temblar el banco donde estábamos sentados. Dentro de la tienda, temblaron las repisas y unas botellas de agua rodaron por el suelo. La pérgola que protegía los surtidores también tembló. Con el susto, la mujer que estaba llenando el tanque de su coche dejó caer al suelo la manguera del surtidor. Unas gotas de gasolina le salpicaron la falda que llevaba puesta.

El terremoto duró solo unos segundos. Los perros ladraban. Los pájaros escondidos entre las ramas de los árboles remontaron el vuelo. Todos nos miramos nerviosos: la mujer que había dejado caer la manguera del surtidor, el hombre que estaba comprobando la presión de los neumáticos de su coche, el dependiente de la tienda que había salido.

Nada más sentir el temblor, había hecho el gesto de levantarme, pero *uncle* Kekahuna me obligó a permanecer sentado.

—Le prometí a Naone que le perdonaría la vida —dijo—. Sin embargo, no puedo ser responsable de lo que hagan los demás.

—¿Quieres decir que me das permiso para acabar con Naone?

—Quiero decir que no tengo intención de detenerte, hagas lo que hagas.

—¿Por dónde empiezo?

—Primero tienes que ser igual de poderoso que un terremoto.

—¿Cómo?

—Sabes bien cómo.

A continuación, se levantó con un resoplido. Unos minutos después, salió de la tienda con un par de chanclas. La etiqueta con el precio aún colgaba de una de las tiras.

48

Quizás porque los muertos nunca descansan, nada más acostarme aparecieron de nuevo los caminantes nocturnos con sus mejores galas. Capas, plumas, lanzas. Sin importarles el agua con sal, la cúrcuma ni la hoja de ti que colgaba mustia del marco de la puerta. Regresaron acompañados por el sonido de las caracolas y el redoblar de los tambores. Me aterrorizó pensar que Kalani pudiera formar parte de la procesión fúnebre, que vagara por el mundo de los vivos al lado de mi madre. El asesino y su víctima reunidos al fin.

No había amanecido y la única luz provenía de la luna creciente. Aparté las sábanas sudadas con los pies y hui de mi habitación. Casi tiro a *auntie* al suelo al correr a ciegas por el pasillo. Di un paso hacia ella y abracé su cuerpo diminuto. Deseaba que me consolara como cuando, de pequeño, me despertaba tembloroso porque había tenido una pesadilla. Noté cómo los músculos de su espalda se tensaban.

—Suéltame —me ordenó.

—¿De verdad crees que sería capaz de destruir a esta familia? —le pregunté con un hilo de voz. Retrocedí unos pasos y enseguida eché de menos la calidez de su cuerpo.

—De verdad lo creo.

—¿Por qué iba a querer haceros daño?

Con un suspiro, dio por concluida la conversación. Cuando abrió la puerta de su dormitorio, los ronquidos de *uncle* Kekahuna se desparramaron por el pasillo.

—Intenta dormir algo —me aconsejó sin ni siquiera mirarme.

—No estoy seguro de que pueda.

—¿De nuevo los caminantes nocturnos?

—Entre otras cosas —respondí.

Cuando me desperté unas horas después, me di cuenta de que alguien se había deshecho de la hoja de ti mustia. Del clavo colgaba una hoja de ti recién cortada de un verde esplendoroso.

49

Tal como había dicho *uncle* Kekahuna, necesitaba ser tan poderoso como un terremoto si quería encontrar a Naone, vengar a mi madre y silenciar de una vez a los caminantes nocturnos.

La primera noche a cargo de mis nuevas responsabilidades, *uncle* Kekahuna me agarró por los hombros cuando estaba a punto de salir de casa.

—¿Sabes lo que tienes que hacer? —me preguntó.

Le contesté que sí porque Pulawa me había aleccionado bien. De momento, Pulawa seguiría encargándose de las partidas de póker y, por supuesto, de los clientes importantes, los que recibían un trato preferencial por las ingentes cantidades de dinero que apostaban. Mi cometido: recoger el dinero recaudado y los boletos con las apuestas. Primero, el Copacabana; después, los demás antros hasta llenar la bolsa de gimnasio azul.

No obstante, esa noche estaba tan nervioso que no podía dejar de tartamudear cada vez que abría la boca. Tras aparcar mi Pontiac frente al Copacabana, entré con el cuerpo encorvado y las manos dentro de los bolsillos. Todo el mundo me preguntaba por Pulawa, tanto los habituales del bar que estaban acostumbrados a tratar con el antiguo boxeador como las camareras que echaban de menos su torso musculado. Sin embargo, con el transcurso de los días, entraba un poco más erguido. Cada vez eran menos los que desconocían mi nombre y las camareras empezaron a regalarme un beso húmedo nada más verme.

Como hiciese antes con Clarice Adler, intentaba averiguar el paradero de Naone allá donde fuera, con la salvedad de que ahora nadie se atrevía a ignorarme. Ni el adicto con una bolsa de plástico llena de monedas de cuarto de dólar que se pasaba toda la noche delante de la máquina tragaperras ni el borracho con la boca pastosa que apenas podía mantener la verticalidad tras bajarse de uno de los taburetes de la barra del bar. Cuando les preguntaba si sabían algo de Naone, primero me miraban confusos, con los ojos abiertos como platos, incapaces de comprender por qué habían atraído mi atención, la atención del chico de *uncle* Kekahuna. Después, agachaban la cabeza, como si lo único que les interesara fuese comprobar cuánto de lustrosos estaban sus zapatos. Los interrogatorios seguían el mismo patrón. «¿Conoces a Naone?». Unos segundos de indecisión del aludido antes de asentir con la cabeza. «No sabrás por algún casual dónde se esconde, ¿verdad?». Esta vez, el aludido negaba vigorosamente, más nervioso si cabe. «¿Estás seguro?». «Seguro, que me caiga un rayo si miento».

Otra de mis tareas era recordar a los morosos que el tiempo se agotaba. Tictac, tictac.

El primer desafortunado fue un fulano sudoroso con las carnes fofas. Me bastaron unas pocas palabras amenazadoras para que su doble papada le temblara como un flan.

—Dos días —le propuse—. Tienes cuarenta y ocho horas para pagar lo que debes.

No fue necesario que esperase tanto. Un par de horas

después me entregó un sobre arrugado con el dinero. La pensión de viudedad mensual que recibía su madre o vete a saber qué. Quizás robara el dinero que algún anciano desdichado guardaba bajo el colchón.

Tuve menos suerte con el segundo moroso, un tipo duro con los dientes ennegrecidos por el tabaco de mascar.

—¿Kekahuna envía ahora a niñatos? —se burló, el rostro oculto por la oscuridad del callejón.

Cogí la pata de una cama metálica que alguien había tirado a la basura y le golpeé la cabeza. El tabaco que estaba mascando salió despedido como un proyectil, una bola hedionda de nicotina y saliva.

El tipo duro se llevó la mano a la cabeza. Un hilo de sangre le bajaba por la sien. Se abalanzó contra mí con un gemido gutural.

Blandí la pata metálica y le golpeé de nuevo la cabeza antes de que pudiera asirme por la cintura.

Esta vez cayó casi inconsciente al suelo.

—Te iba a proponer dos días para saldar la deuda —le susurré al oído—, pero me has cabreado. Tienes solo un día.

Pagó todo el dinero pocas horas después. Con billetes nuevecitos de veinte dólares.

Una semana más tarde, le tocó el turno al imitador de Gandhi. Porque no todos aprenden a la primera. Volvía a deber dinero, mucho dinero. Lo suyo eran las carreras de caballos y siempre apostaba por el animal que llegaba el último. Lo invité a subirse al coche y conduje hasta el puerto con sus contenedores, sus silos y el recuerdo de la sangre de Dickie. El imitador de Gandhi no dejó de gimotear durante todo el recorrido, continuó llorando cuando aparcamos junto a una de las naves y, tras ordenarle que saliera del coche, se arrodilló suplicándome que le diera un día más.

La luna creaba sombras tenebrosas a mi alrededor. Los silos

eran gigantes que me vigilaban desde lo alto y las piedras que arrastraba el mar sonaban igual que las cadenas que atan a los fantasmas a la vida terrenal. Me miré las manos, jueces y verdugos. Inspiré con todas mis fuerzas y la brisa marina me llenó los pulmones.

Agarré al imitador de Gandhi por el cuello de la camisa y tiré de él hasta el muelle deportivo. Reconocí de inmediato una de las embarcaciones varadas, el barco con fondo de cristal que había sido propiedad de Dickie. Lo habían colocado sobre una estructura de madera a la espera de que lo arreglasen y pudiera regresar al mar. Dique seco. Un cartel de «Se vende» adornaba la proa.

—¿Sabes quién era el propietario de este barco? —le pregunté al imitador de Gandhi mientras acariciaba el casco blanco de la embarcación—. Un perdedor. Como tú.

El imitador de Gandhi murmuró algo, pero no alcancé a entender qué. Cuando me giré para asegurarme de que aún continuaba a mi lado, sonreía como si le acabaran de contar un chiste que no llegara a comprender del todo. *An Englishman, a Frenchman and a German walk into a bar.*

—No te muevas —le ordené.

Trepé por las escaleras metálicas del acceso de popa y me paseé por la cubierta, resbaladiza por el salitre. Toqué con un dedo los instrumentos de la consola. La brújula, el anemómetro, los lectores de velocidad del viento, las sondas. Hice girar la rueda del timón y me imaginé navegando hasta el fin del mundo.

El imitador de Gandhi no paraba de gimotear. Me miraba desde abajo con ojos de cordero degollado y, con la voz ahogada por los sollozos, me imploró de nuevo que tuviera compasión.

Con los labios apretados, me agarré de la barandilla y, de un salto, me postré delante de él. Sin darle tiempo a que reac-

cionara, le propiné un puñetazo tras otro. Le golpeé el estómago, la sien, el mentón, tal como me había enseñado Pulawa.
El cuerpo del imitador de Gandhi cayó al suelo y gotas de
sangre salpicaron el casco de la embarcación como si fueran
manchas de pintura.

—¿No te arrepientes ahora de haberme escupido?

El hombre intentó huir. Se arrastró varios pies por el suelo
con ayuda de las rodillas y los codos. Parecía un artilugio móvil
fabricado con piezas de mecano. Le di una patada, dos, tres.
Hasta que sus sollozos cesaron y el único sonido que quedó fue
el del vaivén del mar.

50

El poder que creía haber acaparado se me escurría por los poros de la piel cada vez que veía a Lilinoe. Un sábado, Lilinoe le pidió a su padre que le permitiera ir a la *lū'au* que iba a organizar el bar Lava Lava. Incapaz de negarse, *uncle* Kekahuna accedió con la condición de que fuera conmigo.

—No es apropiado que vayan juntos —se quejó *auntie*.

—¿No es apropiado el qué? —soltó *uncle* Kekahuna—. ¿No es apropiado que acompañe a su hermana a una fiesta?

Cuando llegamos, la playa era un hervidero de gente. Reconocí algunas caras. Tres o cuatro de mis amigos. Dos de las amigas de Lilinoe. «¿Qué tal, Kai?», «me alegro de verte, Kai», «*long time no see*, Kai».

La arena blanca estaba iluminada con antorchas y pequeñas luces amarillas adornaban los troncos de las palmeras. Las parejas bailaban descalzas al ritmo de la orquesta y el barman servía sin parar una copa tras otra.

Como me chirriaban los oídos con la música de los ukeleles y el olor de las antorchas era mareante, pedí una cerveza y me apoltroné bajo una palmera, lejos del bullicio. Lilinoe quiso bailar conmigo, pero me negué, así que se encaminó sola a la pista de baile. El cabello le barría la espalda del vestido corto que llevaba puesto y la tibia luz de las antorchas hacía brillar la piel morena de sus piernas.

No podía quitarle los ojos de encima.

Un *haole* larguirucho con un sombrero de paja se acercó a ella. Comenzaron a bailar juntos, el *haole* cada vez más pegado al cuerpo de Lilinoe. Tiré a un lado el vaso y lo que quedaba de cerveza se desparramó por la arena. Solo me hicieron falta tres zancadas para agarrar a Lilinoe del brazo y arrastrarla lejos de la zona de baile.

—¿Qué haces? —me gritó a punto de trastabillar y caer al suelo.

El *haole* quiso detenerme, pero se lo pensó dos veces. Un tipo listo que sabía elegir bien sus batallas.

Nos alejamos de la música de los ukeleles y caminamos hasta la orilla de la playa. Lilinoe intentó desembarazarse de mí mientras me regaba con una retahíla de insultos, pero la sujeté con más fuerza del brazo para que no pudiera escapar.

—Estás loco de remate —me acusó cuando una ola le salpicó el vestido.

—No más juegos —le rogué—. Prométeme que se acabarán los juegos entre los dos.

—¿Estás seguro de que es eso lo que quieres?

Lilinoe se quitó el vestido, el sujetador, las bragas. Desnuda, desapareció bajo una ola. No pude resistirme y me desvestí también. Camisa, pantalones, calzoncillos. Me lancé de cabeza al agua detrás de Lilinoe.

Tras retozar un rato con las olas, nos acostamos bocarriba sobre la arena. El mar nos besaba los pies y la brisa de la noche hizo que se me erizara la piel. La luna brillaba tanto que parecía la luz de un faro.

—Siento haberte disparado el otro día —musitó Lilinoe.

—Si la pistola hubiera estado cargada, me habrías matado.

—¿Recuerdas la historia de Pele y Kamapuaʻa? —me preguntó después de una pausa.

—¿El dios jabalí?

Me acordaba bien de la relación tormentosa entre los dos amantes, condenada al fracaso desde el principio.

—Espero que no acabemos como Pele y Kamapuaʻa —dijo Lilinoe mientras se apretaba aún más contra mi cuerpo, todo piel y arena húmeda—. Si mi padre me envía a estudiar al continente, ¿vendrías conmigo?

No contesté de inmediato y Lilinoe me pellizcó el costado.

—Vendrías conmigo, ¿verdad? —repitió.

—Claro que sí —respondí por fin.

Lilinoe suspiró aliviada y descansó su cabeza sobre mi pecho. Los mechones mojados de su larga cabellera me hacían cosquillas.

No sé cuánto tiempo permanecimos así abrazados.

Una eternidad.

¿Por qué le había dicho que sí que me iría con ella?

La abracé porque no sabía qué otra cosa hacer y comencé a contar las pocas estrellas que podían competir esa noche con la luz de la luna.

51

¿Dónde se escondía Naone? Su imperio se había desmoronado. Una redada tras otra, la Policía había desmantelado su negocio de antros y prostíbulos. La Policía, a las órdenes de *uncle* Kekahuna, por supuesto. Lo único que debía de quedarle era la calderilla de los bolsillos y temía que hubiera arrastrado consigo a Kimo. Porque tampoco había rastro alguno de Kimo. Nadie parecía saber dónde estaba.

Una noche sentí que me ahogaba.

El ambiente del Copacabana era más turbio de lo normal. La cantinela de las máquinas tragaperras me atormentaba cada vez que alguien bajaba la palanca. Me repugnaban las manos grasientas de los perdedores de siempre que buscaban congratularse conmigo. El ruido de las bolas de billar al chocar entre sí me amartillaba la cabeza. Pulawa me había saludado con un gruñido antes de encaminarse a la habitación con la mesa de póker. No saldría de allí hasta bien entrada la noche.

Escapé del Copacabana porque el olor a alcohol y a sudor llegó a ser tan intenso que me costaba respirar. Salí y la humedad del exterior me azotó el rostro. Tras mirar a ambos lados para asegurarme de que no venía ningún coche, crucé la calle y me dejé abrazar por la quietud de la bahía.

De pronto, me golpearon por detrás.

Sentí un dolor punzante, se me nubló la vista y las piernas me flaquearon.

Cuando recuperé la conciencia, lo primero que advertí fue la dureza del suelo. Me llevé la mano a la parte de atrás de la cabeza.

Sangre.

¿Cuánto tiempo había estado inconsciente?

Intenté levantarme, pero me mareé. Probé de nuevo. Esta vez pude ponerme de rodillas y, tras unos segundos, de pie. Miré a mi alrededor, temeroso de que el agresor anduviera aún cerca. Por suerte, no había nadie a la vista. Noté cómo la sangre me escurría por el cuello, por el centro de la espalda.

Cogí una barra de metal del suelo. Quienquiera que me hubiese golpeado lo había hecho con esa barra. Creí recordar un rostro. ¿Era posible que hubiera visto el rostro de mi agresor antes de perder la conciencia?

Un rostro flaco, arrugado, un bigote espeso.

¿Dickie?

Me mareé de nuevo y caí de rodillas al suelo.

52

Estaba teniendo problemas para seguir la partida de póker. Me dolía aún la cabeza por el golpe y el humo blanco de los puros que se estaban fumando varios de los jugadores hacía que me llorasen los ojos.

Había necesitado doce puntos y una enfermera me rapó el pelo alrededor de la herida. Parecía una copia barata de Frankenstein. Cuando llegué a casa todavía mareado y con la camiseta empapada de sangre, *uncle* Kekahuna me llevó de inmediato al hospital.

—Dile al médico que te caíste de lo alto de una escalera —me advirtió—. ¿Quién fue el cabrón que te golpeó?

—No pude ver quién era —le mentí.

La partida de póker había alcanzado su punto álgido. El *sergeant* Ikeda tenía un trío de cincos e igualó la apuesta del hombre con la nariz afilada que estaba sentado enfrente. Con una sonrisa, movió tres fichas de color amarillo al centro de la mesa tapizada de verde. Tres mil dólares. Los otros dos jugadores se retiraron. Rodeé la mesa para echar un vistazo a las cartas del hombre con la nariz afilada. Doble pareja de sietes y reyes. El maldito Ikeda iba a ganar la mano.

Pulawa observaba el discurrir de la partida desde una de las esquinas. Poco le importaba quién ganara. ¿Acaso Ikeda no le había pedido prestado a *uncle* Kekahuna el dinero con el que estaba apostando? Ganase o perdiese, tendría que devolverlo tarde o temprano con los intereses correspondientes.

—¿Has averiguado algo de Naone? —me había preguntado *uncle* Kekahuna mientras esperábamos a que nos atendiera el médico de urgencias.

—Nadie parece saber dónde se esconde, es como si se hubiera esfumado.

—Recurre a Ikeda —me aconsejó.

—¿Crees que Ikeda podría encontrar a Naone?

—Con la suficiente motivación, seguro que sí.

El *sergeant* Ikeda y el hombre con la nariz afilada mostraron sus cartas. El trío de cincos del policía ganó a la doble pareja de sietes y reyes del otro jugador.

El hombre con la nariz afilada se levantó con brusquedad y abandonó malhumorado la habitación mientras Ikeda amontonaba sonriente las fichas que acababa de ganar.

—Esta noche tengo la suerte de mi lado —se congratuló.

El cardenal que aún le afeaba la mandíbula había adquirido un color verdoso que contrastaba con la rojez de la psoriasis. Pulawa le dio una palmada amigable y la cabeza comenzó a dolerme menos tras ver cómo los hombros del policía se encogían con el contacto. Quizás para compensar la reacción involuntaria que le había producido la palmada de Pulawa, Ikeda se volvió hacia mí.

—¿Dejaste insatisfecha a tu novia y te golpeó con una sartén? —se burló de mi herida señalándose con un dedo la parte de atrás de la cabeza.

Sin dudarlo ni un segundo, di varios pasos hacia delante y agarré al policía por el cuello de la camisa. De la sorpresa, los ojos casi se le salieron de las cuencas.

Los dos jugadores que seguían sentados a la mesa se levantaron después de dirigirse una mirada nerviosa y escaparon con rapidez de la habitación. Pulawa se limitó a cruzar los brazos sobre el pecho cuando Ikeda le pidió tartamudeando que hiciera algo. Retorcí aún más el cuello de la camisa del policía hasta cortarle casi la respiración.

La cabeza dejó por fin de dolerme.

—Tengo una tarea para ti —le susurré al oído.

53

El *sergeant* Ikeda me había asegurado que pronto tendría noticias de Naone. Lo encontraría dondequiera que estuviese escondido.

—Necesito una semana —me suplicó antes de escapar con sus fichas de póker.

Había oído, no sé dónde, que cuando se talla un diamante se reduce el tamaño de la piedra original a menos de la mitad. El objetivo es obtener una gema con la forma perfecta. Un octaedro o algo por el estilo. El resto no sirve para nada. Me costaba imaginar que, de una enorme piedra preciosa, solo quedase un diminuto cristal. Asimismo, durante el proceso, basta un mal corte por parte del joyero para que la piedra se rompa y deje de tener valor. Tras amedrentar al policía y ordenarle que encontrara a Naone, me pregunté si lo que quedaría de mí una vez que todo esto acabase sería un diamante con cortes perfectos o, por el contrario, solo unas inservibles esquirlas.

Unos días después, cuando el plazo que le había dado a Ikeda estaba a punto de expirar, Pulawa me dio un par de frascos con pastillas. Reconocí la etiqueta azul de inmediato. Xanax, un miligramo. Debajo, un nombre: Clarice Adler.

—Sabes a quién llevárselos, ¿verdad?

Por supuesto que sabía quién los necesitaba.

Aikane.

Me pregunté una vez más cómo era posible que Clarice Adler pudiera prescribir medicamentos tras perder la licencia de médico. Pero quizás siguiera manteniendo contactos con algún farmacéutico que desease remodelar la cocina o comprarse un coche nuevo.

Conduje hacia la casona con las primeras luces del día. El gato gris me dio la bienvenida con un maullido e incluso se frotó contra mi pierna mientras esperaba a que Aikane me abriera la puerta. El animal tenía el pelo húmedo por el rocío de la mañana y lo espanté con un gesto brusco.

Aikane me abrió la puerta casi desnuda. Lo único que llevaba puesto era unas bragas y un sujetador. De veras era una diosa de piel morena y no me hubiese costado creer que fuera la mismísima reencarnación de Laka. No pude evitar que se me acelerara el pulso al vislumbrar lo que la tela transparente de su ropa interior dejaba entrever.

—¿Un cliente tan temprano? —me preguntó con una media sonrisa, consciente, estoy seguro, de la reacción que me estaba produciendo su cuerpo semidesnudo.

—Mejor aún: un regalo.

—Sabes bien cómo alegrarme el día —ronroneó al darle los dos frascos de pastillas.

Me estaba dando la vuelta para regresar al coche cuando una voz masculina me detuvo.

—¿Te vas tan pronto?

Un sudor frío me recorrió la espalda. Escudriñé el interior todavía oscuro de la casa porque estaba convencido de que mis oídos me engañaban. Pero una figura alta avanzó hacia la puerta y pude ver por fin de quién se trataba.

Kimo.

Con solo unos calzoncillos puestos.

—*Baby*, ¿por qué no invitas a Kai a entrar?

—No creo que quiera —respondió Aikane.

Kimo, sin dejar de mirarme, abrazó por detrás a Aikane y le besó el cuello.

—Tu padre te está buscando —le dije a Kimo cuando me recuperé de la sorpresa.

—¿Por qué me busca? Pensaba que me habría desheredado a estas alturas, sobre todo después de saber que lo he traicionado.

Apostaría a que los dos nos acordamos de Tyler Cox, uno de los corredores de apuestas. A Tyler Cox no se le ocurrió otra cosa que asignarse una comisión mayor de la que le correspondía. Calderilla que, tras un año, sumaba varios miles de dólares. No se supo nada más de él una vez que *uncle* Kekahuna descubrió la artimaña. Unos afirmaban que estaba enterrado bajo tres pies de cemento. Otros sospechaban que su cuerpo flotaba a la deriva desde entonces.

—Nunca le conté a tu padre lo de tus negocios con Naone.

—Una oportunidad perdida —se burló—. De haberlo hecho, serías el heredero indiscutible.

—Sé que no me creerás, pero no tengo ninguna intención de apropiarme de lo que es tuyo.

Con una calma exterior que nada tenía que ver con el torbellino que sentía por dentro, cogí la pistola que escondía debajo de la camiseta y apunté con el cañón a Kimo. Aikane ahogó un grito, pero Kimo se limitó a levantar las manos con una mueca socarrona.

—No te atreverías a pegarme un tiro.

—Ponme a prueba —le repliqué con tono desafiante.

Kimo intentó arrebatarme la pistola, pero lo único que consiguió fue que el arma se disparara. El gato se asustó y la bala hizo añicos uno de los jarrones de porcelana del recibidor.

Encañoné de nuevo a Kimo y le ordené a Aikane que trajera su ropa. Aikane echó a correr descalza por el pasillo y volvió pocos minutos después con una camiseta y unas bermudas. Kimo, amansado por el disparo, se vistió despacio y me obedeció sin rechistar cuando le indiqué que se dirigiera al coche. Cuando llegamos a la altura de mi Pontiac, le señalé el asiento del conductor. Prefería que condujera él.

—Entiendo que me vendieras a Naone, pero ¿por qué traicionaste a tu padre? —le pregunté.

—Si no puedo tener lo que me corresponde por derecho propio —respondió—, ¿por qué no destruirlo? Además, me ocultó el paradero de Aikane.

—Te aconsejo que te desvincules cuanto antes de Naone.

—¿Por qué habría de hacerlo? —resopló—. No solo pude encontrar a Aikane gracias a él, sino que me ha prometido suficiente dinero para largarme de la isla con ella.

—Me temo que no podrá ayudarte más.

—¿Por qué?

—Porque tiene los días contados.

Cuando finalmente aparcamos delante de casa, Kimo escondió el rostro entre las manos.

—No quiero entrar —musitó.

—¿Crees que tienes otra elección?

Le golpeé el hombro con el cañón de la pistola y Kimo salió del coche con un suspiro resignado.

—Tengo miedo —dijo.

—¿Miedo de qué?

—Tengo miedo de lo que pueda hacerme mi padre.

Nos encaminamos a la parte de atrás y, enseguida, me

envolvió el aroma del café recién hecho. Cuando entramos por la puerta de la cocina, *auntie* y *uncle* Kekahuna estaban sentados a la mesa. Al ver a su hijo, *auntie* se levantó con rapidez y abrazó a Kimo entre sollozos de alivio. Su marido se limitó a llevarse a los labios la taza que tenía entre las manos. Solo se levantó cuando terminó de beberse el café todavía humeante. Lo hizo despacio, sin hacer apenas ruido con la silla ni dirigirle la mirada a Kimo. A continuación, abandonó la cocina y cerró la puerta detrás de sí.

54

El *sergeant* Ikeda me había garantizado que solo necesitaría una semana para encontrar a Naone. *Said and done.* Dicho y hecho.

El rodeo se celebraba cada año por las mismas fechas. Primero, la entrada triunfal con los jinetes que representaban a cada uno de los ranchos de la zona. Sombreros de ala ancha, cinturones con hebillas grandes y espuelas. Los *paniolos,* montados a caballo, daban una vuelta al ruedo animados por los aplausos de las gradas a rebosar de gente. Después, tendrían lugar las carreras de caballos y las competiciones de destreza.

Cuando accedí al recinto, dos jinetes cabalgaban tras un asustado novillo, cada uno esgrimiendo un lazo que hacía girar sobre su cabeza. El primer jinete atrapó el cuello del animal. El segundo jinete intentó apresar las dos patas traseras del novillo, pero no lo logró. Sonaron murmullos de desencanto porque solo puntuaba si los jinetes conseguían atrapar con sus lazos tanto el cuello como las dos patas traseras.

El olor a fritanga de los puestos de comida se mezcló pronto con el de los excrementos de los animales. Casi tropiezo con tres o cuatro niños disfrazados de *cowboys* que corrían con restos de nubes de algodón por toda la boca. Me encaminé al pasillo que separaba el ruedo de las gradas. Los espectadores gritaron de júbilo cuando una pareja de jinetes consiguió atrapar, con éxito, el cuello y las dos patas traseras del novillo. El animal caído se retorcía con fiereza.

Me coloqué de espaldas a la barandilla que rodeaba el recinto y eché un vistazo a las gradas. Eran las once de la mañana y casi todos los asientos estaban al sol. Calvas enrojecidas y abanicos improvisados sobre un mar de vasos vacíos y servilletas sucias.

La noche anterior, Ikeda me había confirmado que Naone estaría presenciando el rodeo.

—¿Por qué se arriesgaría tanto si sabe que su vida corre peligro? —le pregunté con incredulidad.

—No se perdería el rodeo por nada del mundo —me aseguró el policía—. Uno de sus sobrinos participa por primera vez.

Comenzaba una nueva competición de destreza y cuatro grupos de jinetes saltaron al ruedo. Ganaría quien consiguiera atrapar antes al novillo. Primero el cuello y, después, tres patas. La megafonía estaba anunciando los nombres de los jinetes.

Por el rabillo del ojo, me di cuenta de que un hombre se aproximaba y me aparté para dejarle pasar. Reconocí de inmediato la barba de chivo del encargado de la ferretería. Cuando estaba extendiendo el brazo para saludarle con un apretón de manos, Randy agachó la cabeza, fingió no verme y se dio la vuelta.

Me quedé un rato con el brazo extendido como un estúpido mientras el encargado de la ferretería huía por detrás de las gradas.

Bajé por fin el brazo y volví a apoyar la espalda contra la barandilla. Supuse que se había enterado de cuál era mi nuevo trabajo y que, como consecuencia, había dejado de considerarme un empleado modelo. Fue entonces cuando vi a Naone con una gorra de béisbol de color verde. Se había levantado para aplaudir a los participantes. Me olvidé de Randy porque mi oportunidad llegó unos minutos después. Naone descendió por la escalera de las gradas con una niña de la mano, una niña con coletas de seis o siete años. Los dos se dirigieron a uno de los puestos de comida. Chucherías, helados, bolsas de palomitas, perritos calientes. Me coloqué al lado de Naone, uno más haciendo la cola. La niña quería un chupachup de fresa y Naone se lo compró.

Naone advirtió enseguida mi presencia. He de concederle el mérito de que no se amedrentó.

—No te esperaba tan pronto —dijo sin más mientras sacaba un billete de un dólar de la cartera y se lo entregaba al vendedor. Miró luego con preocupación a la niña, que intentaba quitarle el papel al chupachup. Me interrogó con la mirada y, cuando asentí con la cabeza, Naone le indicó a la niña que corriera a donde estaba sentada su madre. Por sus palabras, deduje que se trataba de su sobrina.

Abandonamos el recinto por una de las puertas laterales. Más allá se extendía una inmensa pradera con la hierba amarillenta. A lo lejos, Maunakea. Más lejos todavía, Maunaloa. Las cimas de los dos volcanes estaban ocultas por las nubes. Olía a estiércol, a la hierba seca mecida por el viento, a las crines de los caballos que corrían salvajes por la llanura.

—¿Una pelea? —me preguntó Naone señalando los puntos de mi cabeza.

—Algo por el estilo.

Dejamos atrás el bullicio del rodeo y de la megafonía. Unas vacas pastaban entre varias garcillas. Seguimos caminando hasta alcanzar una zona arbolada, un grupo de eucaliptos inclinados por el constante envite de los vientos alisios.

—Me enamoré de tu madre la primera vez que la vi

bailando *hula*. —Naone se refugió bajo un árbol para protegerse del sofocante sol. Con una mano se sacó la gorra y, con la otra, se limpió el sudor que le perlaba la frente.

—No tienes ningún derecho a hablar de ella —le reproché.

Naone se encogió de hombros, pero continuó hablando de todas formas sin importarle si le escuchaba o no.

—Por desgracia —se lamentó—, eran muchos los que andaban enamorados de ella. Si deseaba compañía, le bastaba con chasquear los dedos. ¿Conociste a tu padre? —me preguntó mirándome de soslayo—. Nunca supe quién fue el elegido.

—No sé ni siquiera su nombre.

—Sería un *haole* —añadió Naone—, lo digo por el pelo rubio.

Naone se quedó pensativo unos segundos, como si estuviera intentando recordar a todos los *haoles* que rondaban a mi madre por aquel entonces.

—Tras morir tu madre, ¿fue Kekahuna quien te crio?

—Como si fuera su propio hijo.

Naone observaba la pradera con la tranquilidad del condenado a muerte que sabe que lo único que le espera es la inyección letal. Una de las vacas espantó con la cola las moscas que zumbaban a su alrededor.

—Supongo que no tienes intención de dejarme con vida.

Como respuesta, le apunté con la pistola.

—¿Vas a intentar huir o suplicarme que no te dispare? —le pregunté.

—¿Serviría de algo?

Los dos sabíamos que no serviría de nada. Aun así, Naone dio un paso hacia adelante. Despacio, dio un segundo paso y un tercero, hasta que el cañón quedó a pocas pulgadas de su pecho.

—Es una pena que Māui no consiguiera robarle el secreto de la inmortalidad a la diosa del inframundo —dijo.

Dio otro paso e intentó arrebatarme el arma.

Esta vez no me tembló la mano como me ocurriera con Kalani. Le disparé a bocajarro y la bala le perforó el pecho.

Las garcillas echaron a volar y las vacas levantaron un momento la cabeza.

Naone miró incrédulo el agujero a la altura del corazón por donde comenzó a brotar la sangre. Parpadeaba con rapidez y las piernas le cedieron. Se derrumbó como un edificio que hubieran demolido con explosivos.

Si ni siquiera Māui había conseguido sobrevivir a su encuentro con la muerte, ¿por qué habría de hacerlo el hombre que había matado a mi madre? El semidiós aborrecía que el destino de la humanidad fuera la muerte. No entendía por qué los hombres no podían vivir como el sol y la luna, que mueren cada día al desaparecer bajo el horizonte, pero reviven poco después aún más fuertes si cabe. Quiso, por tanto, robarle el secreto de la inmortalidad a la diosa del inframundo. Los ojos de la diosa eran dos piedras de diorita, su cabello era una maraña de algas marinas y tenía los dientes tan afilados como los de una barracuda. Māui, tras adoptar la forma de una lombriz, se introdujo dentro del cuerpo de la diosa con la intención de robarle el secreto de la inmortalidad, oculto entre los pliegues de su estómago. Pero cuando se disponía a escapar con su botín, los dientes de la diosa se cerraron de golpe y Māui murió partido por la mitad.

Bajé la pistola y me senté a esperar a que llegara el *sergeant* Ikeda. Le había ordenado que viniera al mediodía. Con un todoterreno podría recorrer sin ningún problema la pista de tierra que conducía a la zona arbolada.

Naone exhaló un último suspiro y las vacas continuaron pastando como si no hubiera sucedido nada.

55

No recordaba la última vez que me había emborrachado tanto. Sentía náuseas, me palpitaba la cabeza, me dolían todos los músculos. Cuando me desperté, los muebles de mi dormitorio giraban a mi alrededor. Tuve que cerrar de nuevo los ojos porque me cegó una luz. Se trataba de la lámpara de la mesilla de noche.

El *sergeant* Ikeda había llegado a las doce, justo al mediodía. Puntual como las campanadas de fin de año y con los mismos guantes negros de piel de la vez anterior. Entre los dos arrastramos el cuerpo de Naone hasta el todoterreno. El policía se encargaría del resto. No le pregunté qué iba a hacer con el cadáver. El fondo del mar es tremendamente solitario y quizás Kalani tuviera compañía a partir de ahora.

Me bebí la primera cerveza cuando regresé al recinto. Por la megafonía anunciaban los vencedores de las carreras de caballos. Premios y *leis* colgados de los hombros. Tropecé con una mujer con unas botas de *cowboy* que parecía estar buscando a alguien. De la mano llevaba a una niña con coletas, la sobrina de Naone.

Después, vinieron la segunda y la tercera cerveza ya dentro

del coche. El rodeo había terminado y los espectadores regresaban a sus vehículos tras una última visita a los puestos de comida. Bocas manchadas de kétchup y manos grasientas por las hamburguesas que se estaban comiendo.

Me bebí la cuarta y la quinta cerveza junto al gallinero de *auntie*, recostado contra uno de los listones del corral. Las gallinas picoteaban el pienso de los comederos sin dejar de cloquear.

Casi vomito tras la sexta o séptima cerveza. ¿No debería bañarme una sensación de triunfo? Por fin, mi madre dejaría de vagar desconsolada. Por fin, podría trepar a lo alto de la gran roca. Un mero paso hacia delante y paz eterna. Pero por alguna razón que no alcanzaba a comprender, me sentía como el perro callejero que, tras alcanzar el coche que ha estado persiguiendo durante no se sabe cuántas millas, se pregunta: «¿Y ahora qué?».

Después de apurar la última cerveza, me encaminé tambaleante a mi dormitorio.

Recuerdo los brazos de *uncle* Kekahuna rodeándome como las pinzas de una de esas máquinas con las que puedes atrapar un osito de peluche si introduces un cuarto de dólar.

—Bien hecho, Kai —me felicitó—. Siempre he sabido que podía contar contigo.

Unos pasos más allá, me encontré con el rostro desenfocado de *auntie*.

—¿Se ha acabado todo? —balbució.

—Claro que sí, *auntie* —le respondí—. He hecho lo que querían los caminantes nocturnos.

Antes de acostarme, arranqué la hoja de ti que colgaba del marco de la puerta y la estrujé entre los dedos.

Cuando me desperté, estaba oscuro fuera. No sabía cuántas horas había estado durmiendo, creo que toda la tarde y gran parte de la noche. La cama de Kimo estaba vacía. Mejor así, porque estaba seguro de haber abierto los ojos durante la noche solo para encontrarme con su rostro a escasas pulgadas del mío. «¿Qué se siente al ser un héroe?», me había susurrado al oído.

Intenté levantarme, pero tuve que desistir porque me mareé. Cuando me sentí mejor, probé de nuevo.

De pronto, oí tambores. Pensé primero que sería por culpa del dolor de cabeza, pero una caracola y unos cánticos acompañaban a los tambores. Me cubrí las orejas con las manos y cerré los ojos con fuerza.

¿Acaso no me había prometido Crazy Pahupu que los caminantes nocturnos desaparecerían después de darles lo que querían?

—¿Qué más tengo que hacer? —grité a pleno pulmón.

Cuando volví a abrir los ojos, las primeras luces del amanecer bañaban el lugar donde habían caído los restos de la hoja de ti.

Cogí las llaves del coche y conduje lo más rápido que pude hasta el supermercado. Recorrí el aparcamiento desierto hasta que encontré a Crazy Pahupu. Dormitaba debajo de unos cartones, el carro bien agarrado con una mano.

—Me prometiste que desaparecerían —vociferé tras apartar de una patada los cartones y agarrar al mendigo por la sucia tela de su camisa. Las cuentas del collar que tenía alrededor del cuello eran de verdad dientes humanos. Cuando Crazy Pahupu se sacudió para zafarse de mí, me envolvió el olor a sudor y orina acumulado entre las arrugas de su ropa.

—Me prometiste que los caminantes nocturnos desaparecerían si les daba lo que querían —repetí.

El mendigo comenzó a recitar el mismo cántico de siempre.

O ka walewale ho'okumu honua ia.

—Dime qué tengo que hacer, por favor —le supliqué.

Pero Crazy Pahupu había escondido el rostro tras las manos mugrientas y mecía el cuerpo hacia delante y hacia atrás.

O ke kumu o ka lipo, i lipo ai.

Regresé al coche porque no iba a poder sacarle ni dos palabras a Crazy Pahupu.

Aikane.

Quizás ella pudiera darme las respuestas que necesitaba.

Aikane abrió la puerta de la casona con un camisón arrugado y los ojos todavía adormecidos.

Entré sin esperar su invitación y sin ni siquiera descalzarme. El interior estaba sombrío y los jarrones de porcelana me parecieron más ostentosos que nunca.

—¿Cuál fue el mensaje exacto de mi madre?

Me temblaba la voz. Me temblaban las manos. Me temblaba todo el cuerpo desde la cabeza hasta los pies.

—Solo que su asesino tenía la marca del tiburón —respondió Aikane.

—¿Estás segura?

—Claro que estoy segura.

—¿Nada más?

—Si me hubiera dicho algo más, ¿qué motivo tendría para ocultártelo?

—Quizás quieras más dinero.

—No seas absurdo —me recriminó.

Me negaba a creer que las muertes de Kalani y Naone no hubieran sido suficientes para apaciguar a los caminantes nocturnos. ¿Cómo era posible que exigieran más sacrificios? Escapé de la casona con la misma conmoción que debe sentir un soldado cuando le explota una granada al lado.

—¿Kimo está bien? —preguntó Aikane desde el porche.

Sin dignarme a responder, busqué con la mirada al gato gris.

—¿Dónde está el gato?

—¿Qué gato?

—El gato gris que suele rondar por la casa.

Aikane se encogió de hombros.

—Lo habrá atropellado un coche —replicó con sequedad antes de regresar al interior y despedirse con un portazo que hizo vibrar todas las paredes de la casona.

Volví a mi dormitorio y me senté a esperar. Sin embargo, por una vez, los caminantes nocturnos no aparecieron, solo una cucaracha asustadiza que se escondió debajo de la cama de Kimo. Cuando me miré la mano derecha, me asusté porque tenía lo dedos ensangrentados. Pensé por un momento que se trataba de la sangre de Kalani y Naone. Por suerte, no era el caso. Sin darme cuenta, me había estado hurgando la herida de la cabeza y varios de los puntos se habían soltado.

56

—Ha llegado el momento —me dijo *uncle* Kekahuna varios días después.

—¿El momento de qué?

—De tu primer tatuaje.

El estudio de Keone Makau era una antigua iglesia de madera con campanario y todo. El tatuador nos esperaba dentro junto con sus dos aprendices. El suelo estaba cubierto por esterillas y, por una de las ventanas, entraba una brisa fresca que barría toda la habitación. Por lo demás, solo había una colchoneta y el conjunto de herramientas tradicionales que Keone iba a emplear: el cuenco con tinta, el *mōlī* y el *hahau*. El *mōlī* es un peine aserrado de marfil fijado a un mango de madera. El *hahau*, por su parte, no es más que una vara también de madera de unas quince pulgadas de longitud.

Según lo que era costumbre, *uncle* Kekahuna me había ordenado que ayunara ese día. Por supuesto, tampoco debía beber nada de alcohol. Me imaginé, asimismo, que el tatuador se habría levantado de madrugada para rezar a los dioses y purificar sus herramientas con agua del mar. El *uhi*, el tatuaje, es mucho más que una mera decoración. Tiene un significado espiritual, es un vínculo permanente con la naturaleza, con los antepasados y con los dioses.

El tatuador me pidió que me recostara de lado sobre la colchoneta con el brazo izquierdo bien estirado. Después, se sentó junto a mí con las piernas cruzadas. Lo primero que hizo fue marcar la piel de mi bíceps con un rotulador rojo, un patrón de puntas de lanza y crestas de ola que se arremolinaban alrededor de una tortuga.

Honu.

Levanté la vista porque no esperaba que fuera a tatuarme una tortuga y me encontré con la mirada henchida de orgullo de *uncle* Kekahuna.

—Te lo has ganado —señaló.

No estaba seguro de que los caminantes nocturnos pensaran lo mismo, pero callé.

Tras completar el dibujo con el rotulador rojo, los dos aprendices se sentaron también y, con guantes de látex de color verde, estiraron la piel donde iba a ir el tatuaje. Keone humedeció el *mōlī* con la tinta del cuenco y fue colocando los dientes sobre la piel mientras golpeaba el mango con el *hahau*. Con cada golpe del *hahau*, los dientes del *mōlī* abrían la piel para permitir que la tinta penetrara dentro. Cada cuatro o cinco golpes, el tatuador apartaba sus herramientas para que los aprendices pudieran secar la sangre y el exceso de tinta con un pañuelo. Pronto, el pañuelo y los guantes de los aprendices se mancharon de rojo y negro.

Dolía.

Dolía mucho.

Apreté con fuerza los dientes. Por suerte, enseguida me dejé arrullar por el golpeteo continuo del *hahau* contra el mango del *mōlī*.

Como una nana.

Tatá, tatá.

Tatá, tatá.

Cerca de dos horas tardó Keone, el golpeteo acompañado a veces por plegarias para otorgar al tatuaje todo el *mana* posible, todo el poder espiritual que el tatuador fuera capaz de convocar. Cuando terminó, la piel estaba hinchada y enrojecida, pero el dibujo era bien visible.

Me incorporé con los músculos entumecidos por haber permanecido quieto tanto tiempo. No podía dejar de admirar el tatuaje, la tortuga recién dibujada, similar a la de *uncle* Kekahuna pero, a la vez, del todo diferente.

Mientras los aprendices desinfectaban las herramientas que había utilizado su maestro, me puse a hojear un álbum con fotos. Keone charlaba con *uncle* Kekahuna. No presté mucha atención a la conversación entre los dos hombres. Creo que el tatuador le estaba contando a *uncle* Kekahuna que venía siendo hora de que se marcara la cara. Era todo un honor que Keone Makau quisiera tatuarle un *maka*.

El álbum era una colección de fotos con los tatuajes que había hecho Keone a lo largo de los años. Hombres con la mitad del cuerpo decorada con patrones intrincados. Mujeres con dibujos desde la cadera hasta el tobillo. Unos pocos con los rostros tatuados con figuras geométricas.

Las últimas fotos del álbum estaban amarillentas. Fotos de hacía diez, quince, veinte años o más.

Me llamó la atención una foto antigua.

Dos chavales sonrientes, cada uno con una tabla de surf, los dos con el mismo tatuaje: un tiburón que les cubría el torso desde el ombligo hasta el hombro derecho. Las caras me resultaron familiares. El de la izquierda era Kalani, no me cabía ninguna duda. Sin cicatrices, sin los dientes de oro, pero estaba seguro de que se trataba de Kalani. Cuando reconocí el rostro del otro chaval, sentí como si la habitación a mi alrededor se encogiera hasta atraparme entre sus cuatro paredes.

La vista se me nubló.

Se me entrecortó la respiración.

Las piernas se me volvieron de gelatina.

Cuando *uncle* Kekahuna se acercó para decirme que era hora de irse, cerré de inmediato el álbum para ocultar la foto amarillenta.

La foto de Kalani abrazado a Pulawa.

La foto de Pulawa con la marca del tiburón.

57

Leía un cuento cuando sonó el timbre de la puerta, conejos con chisteras y gatos con pijamas a rayas.

—Ailani, abre la puerta —resonó una voz grave.

Mi madre, que se disponía a abrir la puerta, se llevó un dedo a la boca indicándome que no dijera nada. Dio un par de zancadas hacia el sofá donde estaba sentado, me agarró por una muñeca y me arrastró hasta el dormitorio. El libro cayó al suelo, abierto por la página que estaba leyendo.

Estuve a punto de ponerme a llorar cuando mi madre abrió las dos hojas del armario y me escondió entre la ropa colgada de las perchas.

—Cierra los ojos y cuenta hasta cien —me dijo.

—¿Hasta cien?

—No abras los ojos ni hagas ningún ruido hasta que cuentes hasta cien, ¿me lo prometes?

Asentí con la cabeza, escondí la cara entre las manos y comencé a contar. Uno, dos, tres. Antes de cerrar el armario, mi madre me besó el pelo.

—*Be a good boy and don't come out until I get back.*

Conté hasta cien y esperé su regreso. «Sé un buen chico y no salgas hasta que vuelva», había dicho mi madre. Pero cuando lo hizo, cuando volvió, no conseguí despertarla por más que le sacudiera el cuerpo y le susurrara al oído que me había portado bien.

58

El semáforo cambió de pronto de verde a rojo. Hubiera tenido suficiente tiempo para frenar. Solo debía desplazar el pie de un pedal a otro, un pequeño movimiento a la izquierda y pisar con suavidad el freno.

—Creo que la ocasión se merece una fiesta por todo lo alto —había dicho *uncle* Kekahuna tras abandonar el estudio de Keone Makau. Me rodeó el hombro con un brazo y no pude evitar que se me tensaran todos los músculos del cuerpo—. ¿Por qué no organizamos una barbacoa?

Me dio las llaves de su camioneta y me dijo que fuéramos primero al supermercado para comprar todo lo que hiciese falta.

—De esta forma, tu *auntie* no podrá negarse —bromeó guiñándome un ojo.

Hubiera podido frenar a tiempo, pero no lo hice, sino que pisé aún más el acelerador. Un coche que venía por mi derecha se vio obligado a detenerse de golpe y el conductor hizo sonar el claxon varias veces.

—¿No viste que el maldito semáforo estaba rojo? —bramó *uncle* Kekahuna.

—Lo siento, me despisté —mentí.

Conduje hasta el supermercado y *uncle* Kekahuna, todavía enfadado, cogió uno de los carros apostados a la entrada. Quince minutos después, el carro estaba lleno hasta arriba. Latas de cerveza, carne de todo tipo, salchichas, muslos de pollo. La cabeza me daba vueltas, los pasillos del supermercado se me antojaron infinitos, poco me importaba que *uncle* Kekahuna comprara chuletones o bistecs de solomillo. Era como si se me hubiera petrificado la sangre de las venas. Una estatua de mármol.

Cuando salimos del supermercado, Crazy Pahupu rebuscaba dentro de una papelera. Al verme, me hizo un gesto con la mano para que me acercara.

—¿Les has dado lo que quieren? —me susurró al oído.

Estuve tentado de estampar su cuerpo contra la pared. Quise gritarle: «No estoy seguro; no estoy seguro de nada». ¿Continuarían atormentándome los caminantes nocturnos porque me había equivocado? Lo único cierto era que Pulawa tenía el mismo tatuaje que Kalani, la misma marca del tiburón. No solo me sentía como el perro que, después de alcanzar el coche que lleva persiguiendo durante millas, se queda sentado sobre los cuartos traseros, jadeante, con la lengua fuera de la boca, sin saber qué hacer. Cabía además la posibilidad de que me hubiera confundido de vehículo.

Stupid dog.

—¿Sabes por qué Naone mató a mi madre? —me atreví a preguntarle a *uncle* Kekahuna mientras cargábamos la camioneta.

—Tu madre era especial. Tenía los mismos dones que Aikane y siempre habrá quien quiera aprovecharse.

—¿Como te estás aprovechando tú de Aikane?

—Es diferente porque Aikane no es como tu madre —

replicó *uncle* Kekahuna—. Dame las llaves, será mejor que conduzca yo.

El viaje de regreso fue un calvario. La cabina de la camioneta olía a carne fresca y, aunque el aire acondicionado estaba encendido, bajé la ventanilla porque me estaba mareando.

—¿Por qué te enemistaste con Naone?

La respuesta de *uncle* Kekahuna se hizo esperar.

—Los dos nos enamoramos de la misma mujer —dijo por fin tras aparcar delante de casa.

—¿De mi madre?

—Hace mucho tiempo de eso, pero sí, los dos nos enamoramos de tu madre.

—¿Fue un amor correspondido?

—No le pides a alguien como tu madre que te quiera. La amas y punto.

Llevamos las bolsas a la cocina y *uncle* Kekahuna encendió el *grill*. Tuvo que enchufar una bombona de propano nueva porque la vieja estaba casi vacía. Mientras esperábamos a que el *grill* se calentara, *auntie* marinó los bistecs y los muslos de pollo. Salsa de soja, jengibre y azúcar de caña.

Los chicos llegaron poco después. Otake, Leota, Ryder. Sacaron dos mesas plegables al *lānai* y Lilinoe colocó los platos, los vasos y los cubiertos no sin antes rozar su cuerpo contra el mío. Kimo observaba el ajetreo desde la puerta de la cocina, ajeno por completo a los preparativos. Fruncía el ceño cada vez que nuestras miradas se cruzaban y los ojos se le iban sin querer a mi nuevo tatuaje. Había transcurrido una semana desde que lo obligara a regresar conmigo a casa y su padre seguía sin hablarle. Como si no existiera, un paria.

La voz se corrió pronto por el barrio y los vecinos fueron apareciendo a cuentagotas con todo tipo de *pupus*. Ensaladas, pequeños bocadillos, quiches, *poke* con vinagre, cebolleta y semi-

llas de sésamo. Los vecinos intercambiaban primero unas palabras
con *uncle* Kekahuna, con *auntie*: «Cuánto tiempo hacía que no
nos reuníamos», «me alegro de veros de nuevo», «¿cómo va todo?».
Luego, una cerveza fría y un plato de plástico a rebosar de comida.

El *sergeant* Ikeda se presentó con el uniforme de policía.
Cuando me vio, me abrazó como si fuéramos amigos del
alma. No pude evitar acordarme de los guantes negros de
piel, del ruido que hizo el cuerpo de Kalani al caer al mar,
de la expresión sin vida del rostro de Naone cuando el
policía me pidió ayuda para envolver el cadáver con unas
mantas.

La humareda que desprendió el *grill* cuando *uncle*
Kekahuna puso los primeros chuletones al fuego hizo que me
lloraran los ojos.

Continuó aumentando el número de personas que se arre-
molinaba alrededor de las mesas. El runrún de las conversa-
ciones me resultaba insoportable, me sobresaltaba cada vez que
un cubierto caía al suelo y me entraban sudores cuando
alguien soltaba una carcajada. Sentía como si estuviera viendo
una película desde la butaca de un cine, una película de terror
extranjera sin subtítulos.

Recuerdo que *auntie* se acercó secándose las manos con un
paño de cocina y que le murmuró algo a su marido, no pude
oír qué.

—Cállate de una vez, mujer —le espetó *uncle* Kekahuna
mientras le daba la vuelta a unos chuletones requemados.

—Eres un estúpido si piensas que es el fin —le reprochó
auntie—. ¿Crees que contentarás así a los muertos?

Estaba anocheciendo y los faroles encendidos del *lānai*
comenzaron a atraer a una nube de mosquitos y polillas.

La mirada se me fue a Lilinoe, que cargaba una bandeja
con fruta recién cortada. Mango, piña, papaya. Cuando *uncle*
Kekahuna le rodeó los hombros con un brazo, supongo que

para presumir de ella frente a uno de sus invitados, Lilinoe se revolvió con tanta furia que casi se le cae la bandeja al suelo.

—Si me quisieras, no me enviarías lejos a estudiar —se quejó.

—No digas bobadas delante de nuestros invitados —masculló su padre entre dientes.

La ropa y el pelo me olían a churrasco. Corté un pedazo del bistec que *uncle* Kekahuna me había servido. Estaba poco hecho y la carne tenía un color rojizo. Se me quitó el apetito y tiré el plato de plástico con el bistec dentro de una de las bolsas de basura que *auntie* había colocado cerca de las mesas.

Kimo estaba charlando con Reid Ching. El rostro del contable tenía un aspecto más reptiliano de lo normal bajo la luz pálida de los faroles. La conversación se truncó cuando *uncle* Kekahuna, con el delantal manchado de grasa, agarró a su hijo del cuello y lo obligó a sentarse lejos del contable. ¿Sospecharía acaso que Kimo lo había traicionado?

—Kai, acércate —me gritó *uncle* Kekahuna poco después cuando retomó su puesto junto al *grill*—. Asegúrate de que no se quemen los muslos de pollo. Necesito ir a comprar más cervezas al supermercado.

Pulawa llegó cuando le estaba dando la vuelta a los muslos. Por el rabillo del ojo, vi cómo saludaba a unos y a otros. Cuando se acercó al *grill* con un plato vacío, no pude evitar que me temblara la mano con la que sujetaba las pinzas.

—¿Están listos los muslos de pollo? —dijo tras darme una palmada.

Me pidió que le dejara ver el tatuaje y me arremangué la manga de la camiseta.

—Nunca te he visto ningún tatuaje. ¿Tienes alguno? —le pregunté cuando estuve seguro de que no me fallaría la voz.

—Por supuesto.

Pulawa se desabrochó los botones de arriba de su camisa y

el tiburón que le cubría por completo el pecho fue apareciendo poco a poco, como si surgiera del agua.

—Lo tengo desde antes de que me saliera barba.

—¿No es el mismo tatuaje que el de Kalani?

—Crecimos juntos y, cuando cumplimos dieciséis años, no se nos ocurrió otra cosa que tatuarnos lo mismo —aclaró Pulawa encogiéndose de hombros—. Si pudiera, me tatuaría algo distinto, pero es demasiado tarde.

—No sabía que erais amigos.

—Lo fuimos hasta que le rajé la cara.

No podía dejar de mirar el enorme tiburón con trazos negros. El pez tenía la boca dentada abierta como si estuviera a punto de devorar a su presa.

Stupid dog.

59

Los últimos invitados se despidieron unos minutos después de medianoche. Antes de irme a dormir, rebusqué dentro de una de las bolsas de basura, recuperé la anilla de una lata de refresco y me encaminé al lugar donde estaba aparcado el Mustang de Pulawa. Con la anilla bien sujeta entre los dedos, rayé de lado a lado el lateral del coche, desde el maletero hasta el faro de delante. Iluminada por la luz de la luna, la chapa amarilla tenía el aspecto de un rostro sonriente.

Cuando me acosté, estaba solo. Cualquiera sabe dónde estaría Kimo durmiendo la mona. El sofá del salón o, quizás, fuera, bajo la lona que cubría la lancha motora.

Esa noche, me propuse esperar despierto a que aparecieran los caminantes nocturnos.

A diferencia de la última vez, el dormitorio se llenó enseguida de un olor putrefacto. Escuché cánticos, tambores, el sonido de una caracola. Despacio, me levanté y dejé caer las piernas por el borde de la cama. Apenas podía controlar el terror que me paralizaba los músculos. Sentía que algo me oprimía el pecho y me costaba respirar. Cuando pisé el suelo con las plantas de los pies, la moqueta estaba caliente como si una corriente de lava fluyera por debajo.

Bajé los ojos porque no quería que mi mirada se cruzara con la de los caminantes nocturnos.

—¿Mamá? —pregunté dubitativo.

Oí unos pasos que se aproximaban y se me erizó el vello de la nuca. Cerré los ojos con tanta fuerza que me dolieron los párpados.

—¿Mamá? —repetí.

Unos dedos me rozaron la mejilla y una voz me susurró una palabra al oído.

Mi nombre.

Kai.

Me vinieron a la memoria imágenes del pasado. Jugaba con unos cochecitos de colores, una carrera desbocada entre las patas de unas sillas. El ganador había sido un coche rojo descapotable. Levanté la vista porque mi madre se estaba riendo. Su risa era cantarina, contagiosa.

La mujer con la que charlaba también se reía. Estaban sentadas muy juntas e iban vestidas igual, con un uniforme de color rosado. Parecían dos niñas traviesas.

Reconocí de inmediato a la mujer.

Cuando fui al edificio donde murió mi madre, esa misma mujer había huido de mí antes de que pudiera preguntarle nada. El rostro más envejecido, el cuerpo más lleno, pero era ella, sin lugar a duda.

Dejé de oír los tambores y el sonido de la caracola se apagó.

60

Tamarack Pines.

Aparqué frente al edificio de apartamentos a la misma hora de la vez anterior.

Tenía la radio encendida. Un aviso interrumpió la canción que estaba escuchando. Por lo visto, un huracán se aproximaba por el sureste de la isla. Huracán Oleka. De momento, de categoría uno con vientos de cerca de setenta millas por hora. Tras el aviso, el anuncio de un taller de Kona: descuento del cincuenta por ciento para los primeros clientes que fueran a cambiar el aceite de sus vehículos.

Separé un poco la espalda del asiento porque tenía la camiseta empapada de sudor.

No tuve que esperar mucho.

Una mujer apareció con un uniforme de color rosado. Reconocí el cuello blanco, los puños blancos, la hilera de botones también rosados. La mujer no debía de medir más de cinco pies y llevaba el pelo negro recogido. Un moño alto. Cuando se percató de mi presencia, apresuró el paso y se encaminó hacia donde tenía aparcado el coche. Corrí detrás de ella y me dio tiempo a abrir la puerta del acompañante antes de que bajara el seguro.

—Solo quiero hacerte unas preguntas —procuré tranquilizarla.

—Sé quién eres —masculló con voz temblorosa mientras intentaba, sin éxito, hacer girar la llave del contacto—. Trabajas para Ron Kekahuna.

—Ailani era mi madre.

La mujer me miró con las cejas fruncidas como si estuviera tratando de reconocer al niño de cinco años que había conocido.

—¿Kai?

Cuando le dije que sí, que era Kai, la mujer se echó a llorar con desconsuelo.

—¿Puedo sentarme? —le pregunté.

—Por supuesto —respondió casi de forma inaudible.

Mientras esperaba a que se calmara, pude leer el distintivo que tenía prendido del bolsillo del uniforme con un imperdible. Kiana Wong. La amiga de mi madre se llamaba Kiana Wong. Reconocí también el logotipo del hotel donde trabajaba, un hotel de lujo que ofrecía a los turistas una laguna artificial con delfines. Por un precio desorbitado, podías darles de comer e incluso nadar con ellos.

Me di cuenta de que me había sentado sobre su bolso. Me levanté apenas y se lo di. La mujer estrujó el bolso contra el pecho.

—Te pareces muchísimo a tu padre —murmuró por fin. El rímel se le había corrido hasta mancharle las mejillas.

—No me acuerdo de él.

—Murió cuando tenías poco más de un año, un accidente de coche. Es normal que no te acuerdes.

—¿Cómo se llamaba?

—Sam Brennert.

—¿Se querían?

—¿Quiénes?

—Mis padres.

—Se querían con locura, tanto que tu madre nunca fue la misma tras su muerte.

Golpeé con un dedo el ambientador con forma de flor que colgaba del espejo retrovisor. Olía a lavanda o a algo por el estilo.

—¿Sabes quién mató a mi madre?

Kiana se cubrió la boca con la mano y emitió un grito ahogado.

—Es mejor no revolver el pasado —balbució con un hilo de voz que apenas logró escapar entre los dedos de su mano.

—¿Fue Naone? —insistí.

—Tras la muerte de Sam, Naone se encargó de que a tu madre no le faltara nada. ¿Por qué querría matarla?

Sentí como si estuvieran comprimiendo mi cuerpo con la prensa de un desguace que es capaz de triturar un coche hasta que lo único que queda de él es una masa irreconocible de acero, plástico y aluminio.

—¿Qué ocurrió esa noche? —le pregunté.

La mujer negó con la cabeza varias veces. Era evidente que le aterrorizaba el pasado. Le temblaban los labios y era tanta la fuerza con la que agarraba el bolso que tenía los nudillos blancos.

—No me obligues a contártelo.

La anciana que me había recomendado hablar con el *sergeant* Ikeda cruzó delante del coche. Arrastraba un carrito de dos ruedas y supuse que iría al mercado. No pude evitar preguntarme cómo se las apañaría a la vuelta para subir el carrito por las escaleras que conducían a su apartamento.

—Necesito saber la verdad —le supliqué a Kiana Wong.

—Dime primero por qué trabajas para Ron Kekahuna.

—Kekahuna y su mujer me acogieron tras la muerte de mi madre. Me criaron con sus dos hijos.

—El destino nos juega a veces malas pasadas. —Kiana se frotó la cara y el rímel se le extendió aún más por las mejillas.

—¿Por qué lo dices?

—Porque fue Ron Kekahuna quien mató a tu madre.

El mundo a mi alrededor se oscureció y, no sé por qué extraña razón, lo único que aparecía iluminado, como si de un escenario se tratara, era una grieta que atravesaba la guantera de un lado a otro. Escarbé con una uña y unas virutas de plástico cayeron entre mis pies.

Según las antiguas creencias, al principio no había más que oscuridad. *Darkness*. Cuando el planeta se calentó, cuando los cielos se volvieron del revés, cuando el sol se apagó, solo entonces emergió la tierra del lodo. Surgieron después las formas de vida más sencillas: las algas y los erizos de mar. A continuación, los peces, las aves y los reptiles, incluso las pulgas, las ratas, los perros y los murciélagos. De la unión de Papa, la madre tierra, y de Wākea, el padre cielo, nació Hoʻohokuikalani, la más hermosa de las mujeres. El primer hijo de Hoʻohokuikalani nació muerto y, del lugar donde los padres enterraron al bebé, creció una planta con un largo tallo y hojas con forma de corazón que tiemblan y se agitan con el viento. La primera planta de taro. El segundo hijo de Hoʻohokuikalani nació sano y fuerte, el antepasado de todos los isleños.

Quizás la grieta del salpicadero pudiera ensancharse tanto que acabara tragándoselo todo: a los descendientes de Hoʻohokuikalani, a Papa y Wākea, a los perros, las pulgas y los erizos de mar, al mismísimo planeta. Hasta que solo quedase la oscuridad y el dolor que me estrujaba el corazón como si fuera una bola de papel arrugado.

—¿Estabas allí esa noche? —le pregunté desde cientos de miles de millas de distancia.

—Sí que estaba.

Me contó que eran vecinas, mi madre y ella, puerta con puerta. Esa noche, se disponía a salir a eso de las nueve —se acordaba bien de la hora— porque la habían invitado a una fiesta. Llevaba los labios rojos y unos tacones de infarto. Se estaba atando las tiras de los zapatos, con la puerta entornada, cuando vio llegar a dos hombres. Los identificó de inmediato. Cualquiera hubiera reconocido el cuerpo de luchador de sumo de Ron Kekahuna. El otro era Pulawa, su mano derecha. Temerosa, cerró la puerta intentando no hacer ningún ruido y se refugió dentro de su apartamento con las luces apagadas.

—Cuando vives aquí, aprendes pronto que la única manera de sobrevivir es no entrometerte con los negocios de gente como Ron Kekahuna —se lamentó.

—¿Qué hicieron los dos hombres?

—Se dirigieron al apartamento de tu madre y, enseguida, oí voces airadas.

—¿De qué discutieron?

—Las paredes son finas —respondió negando con la cabeza—, pero no tanto.

No pudo decirme qué sucedió después. Hasta la mañana siguiente no se enteró de que mi madre estaba muerta, cuando un policía tocó el timbre de su puerta para hacerle unas preguntas. Nunca supo qué ocurrió conmigo ni se atrevió a indagar sobre mi paradero.

—¿Por qué no le contaste a la Policía lo que viste?

—Debería haberlo hecho, pero tenía miedo. Lo siento —gimoteó tras desviar avergonzada los ojos—, lo siento mucho.

Con esas palabras, salí del coche, un autómata diseñado para ejecutar solo una cosa: dar un paso tras otro.

—¿Qué vas a hacer? —gritó la mujer con medio cuerpo fuera del vehículo.

No supe qué contestar.

Cuando arranqué el motor de mi Pontiac, la radio se encendió de nuevo. La misma voz grave del aviso que había escuchado antes explicaba cómo había que prepararse para la llegada del huracán Oleka. Linternas, pilas, dinero, botiquín de primeros auxilios. Planificar con antelación cómo comunicarse con el resto de la familia por si hubiera un corte de luz. Crear un plan de evacuación. Ser consciente de que puede que fuera necesario abandonar de inmediato el hogar.

61

Tras hablar con Kiana, conduje hasta el instituto de Lilinoe y esperé a que terminaran las clases.

—Ven conmigo a la playa —le propuse a Lilinoe cuando salió con la mochila colgada de un hombro.

—Tendría que ir primero a casa a coger el bikini.

—Cómprate uno por el camino.

El bikini que se compró era blanco con flores rojas.

Nada más llegar a la playa, alquilé dos tablas de surf con remos. El que nos alquiló las tablas nos ofreció unos chalecos salvavidas, pero rechacé la oferta porque no nos hacían falta. Una vez dentro del agua, nos pusimos de rodillas sobre las tablas y, acto seguido, de pie. Mantener el equilibrio es fácil. Las piernas algo flexionadas, la espalda erguida, los pies separados. Solo tienes que desplazar el centro de gravedad con los muslos para evitar caer al agua.

Comenzamos a remar mar adentro. Cuatro o cinco paladas por la derecha y, después, por la izquierda.

Soplaba una brisa suave. Enseguida, cruzamos la barrera de coral que protegía la playa. Bajo la superficie del agua se distinguían bancos de peces y la silueta oscura de alguna que otra tortuga.

Una vez que nos alejamos lo suficiente de la orilla, me senté a horcajadas con el remo sobre los muslos. Lilinoe hizo lo mismo y dejamos que las olas nos acunaran.

—Lo siento —me disculpé.

—¿Por qué lo sientes?

—Porque voy a destruirlo todo.

—¿Todo?

—Todo.

—¿Me vas a destruir también a mí? —me preguntó Lilinoe.

Con la mirada seguí el vuelo de un pájaro.

—Es posible —contesté.

—Al final, vamos a acabar como Pele y Kamapuaʻa, separados para siempre. ¿No te importa?

La mitad oeste de la isla, plagada por volcanes, pertenece a Pele. La otra mitad, más húmeda, más exuberante, es el refugio de Kamapuaʻa. La diosa del fuego y el dios jabalí están condenados a no encontrarse.

Busqué dentro de mí. Me imaginé la sangre fluyendo por mi cuerpo. Primero, por las arterias tras ser bombeada por el corazón. Después, de vuelta por las venas. Me imaginé el aire llenando los pulmones tras atravesar la laringe, la tráquea, los bronquios y cualquiera sabe qué más. Me imaginé el estómago digiriendo lo que había comido, ácidos gástricos y enzimas. Busqué por todos los recovecos de mi cuerpo. Sin embargo, no encontré la respuesta que Lilinoe deseaba, solo oscuridad. *Darkness*.

—No sé qué te traes entre manos —me dijo Lilinoe cansada de esperar a que respondiera—, pero no podrás deshacerte de mí con tanta facilidad.

Me golpeó con el remo por sorpresa. No obstante, pude

agarrar la pala y, con el forcejeo, los dos caímos al agua.

Permanecimos unos segundos flotando como dos boyas a la deriva hasta que Lilinoe cogió aire y desapareció bajo la superficie. La herida de la cabeza me escocía, pero no me importaba. Me hundí también y, de pronto, fuimos los únicos habitantes de un mundo salado, borroso y etéreo, un mundo sin asesinos ni fantasmas que claman venganza. La cabellera negra de Lilinoe flotaba con vida propia como si bailara al compás de una música desenfrenada. Deseé con todas mis fuerzas que pudiéramos olvidarnos del mundo exterior. Qué fácil sería todo si lo único que existiera fuese aquel mundo acuático que nos rodeaba. Como si fuera ámbar azul, quizás podríamos permanecer allí, preservados, hasta que un paleontólogo nos encontrase millones de años después.

Tal vez por ese motivo, cuando Lilinoe cogió impulso con las piernas para volver a la superficie, me invadió un sentimiento de pérdida tan inmenso que quise retenerla sujetándola por el tobillo. Lilinoe intentó soltarse sin éxito. Me golpeó con el pie varias veces y, por fin, consiguió desprenderse de mí.

Permanecí debajo del agua unos segundos más. Hasta que sentí cómo me quemaban los pulmones por la falta de oxígeno. Nadé hasta la superficie y tosí tras coger la primera bocanada de aire.

—Quizás ocurra lo contrario —le dije.

—¿Lo contrario?

—Quizás seas tú la que acabe deshaciéndose de mí.

Tras salpicarme con los pies, Lilinoe se subió de nuevo a la tabla y empezó a remar hacia la orilla.

Trepé también a mi tabla. A lo lejos, se estaban formando unos nubarrones oscuros. La brisa pasó a ser un viento húmedo y las olas eran cada vez más grandes. Me acordé del aviso de la radio y supuse que serían los primeros coletazos del huracán Oleka.

62

El huracán Oleka se estaba acercando cada vez más a la isla. Categoría tres con vientos de hasta ciento veinticinco millas por hora. Por la radio recomendaban asegurar las ventanas, llenar las bañeras con agua, bajar la temperatura de las neveras, desconectar las bombonas y no salir a la calle a menos que fuese necesario.

Llevé a Lilinoe a casa, pero no me bajé ni siquiera del coche.

—*You are a fool* —se despidió Lilinoe con un portazo.

No podía estar más de acuerdo. Había sido un imbécil.

Conduje hasta Kona con las manos bien aferradas al volante porque las fuertes ráfagas de viento sacudían el coche cada dos por tres.

A los que habían acudido al Copacabana esa noche parecía no importarles la proximidad del huracán. La música que despedían los altavoces silenciaba el bramido de las rachas de viento y la humedad sofocante de la calle no tenía cabida dentro del garito. El Copacabana era un oasis de borrachos y perdedores con las palmeras petisecas y el agua del pozo contaminada.

—Iba siendo hora de que aparecieras —me saludó Pulawa nada más verme. Se estaba bebiendo un vaso de *whisky* sin perder de vista el culo de una de las camareras.

Me acordé del último Halloween que pasé con mi madre poco antes de que muriera. ¿De qué me había disfrazado? Quizás de fantasma. Bastaría una sábana blanca con los ojos recortados. O a lo mejor me disfracé de momia, con papel higiénico enrollado por todo el cuerpo, desde la cabeza hasta los pies.

—Necesito que me acompañes —le dije a Pulawa.

—¿Adónde?

—Sígueme.

Tras beberse de un trago lo que le quedaba de *whisky*, Pulawa se bajó tambaleante del taburete donde estaba sentado.

—¿Estás borracho?

—¿Qué crees? —respondió.

Nada más salir, la humedad que acarreaba el viento hizo que se me pegara la camiseta a la piel. Las farolas bailaban como si fueran cañas de azúcar y un contenedor de basura se había volcado. Cuando crucé la calle, unas botellas de plástico rodaron hasta golpearme los pies.

Bajé los escalones hacia la misma playa donde Pulawa le había dado una paliza al imitador de Gandhi. El vendaval parecía estar a punto de doblegar las palmeras y, con cada vaivén de las olas, las rocas de coral sonaban como el crujir de huesos rotos. ¿Qué nombre le darían los isleños a este tipo de viento? Quizás *auntie* lo hubiera mencionado alguna vez.

No podía olvidarme de aquel último Halloween juntos. Mi madre me había llevado de la mano puerta por puerta. *Trick or treat* y un puñado de caramelos como recompensa. Al volver a casa, recuerdo que esparcí los caramelos por el suelo del salón para clasificarlos por colores. «No te los comas todos de golpe», me había reprendido mi madre con una sonrisa.

Pulawa tropezó con una piedra, soltó una maldición y se detuvo por fin a pocos pasos de la orilla. Se llevó un cigarrillo a la boca e intentó encenderlo con el mechero, pero la llama se le apagaba una y otra vez por más que la protegiera con una mano.

—¿Por qué me has traído aquí, *pretty boy*?

Unos días antes de Halloween, mi madre solía comprar una calabaza gigantesca. Primero, con un cuchillo afilado, cortaba una circunferencia alrededor del tallo. Lo hacía con cuidado para no hacerse daño. Luego, vaciaba la calabaza con una cuchara grande para, a continuación, labrar dos ojos y una boca con la punta del cuchillo. Como toque final, colocaba una vela encendida dentro para darle un aspecto amenazador.

—Te he traído aquí porque Halloween era mi fiesta preferida —dije.

—¿Halloween? ¿De qué cojones estás hablando?

Con calma, apunté a Pulawa con la pistola que había escondido debajo de la camiseta sudada.

—Sé que mataste a mi madre —añadí con la seguridad que me daba la empuñadura fría del arma.

Pulawa guardó el mechero y tiró el cigarrillo al suelo sin quitarle la vista de encima al cañón de la pistola.

—¿Fuiste tú el cabrón que me rayó el coche? —La borrachera se le había desvanecido del rostro y ni siquiera se inmutó cuando una ola le mojó los zapatos—. Al final, resulta que Ikeda tenía razón.

—¿Ikeda?

—Está convencido de que eres una bomba de relojería. Es una pena que sea tan mal tirador. No entiendo cómo pudo fallar cuando te tenía a menos de cien pies de distancia.

—¿Fue Ikeda quien me disparó?

—Claro que fue él quien te disparó. Por cuenta propia, por supuesto. Nunca había visto al patrón tan enfadado. —Pulawa se frotó el puño—. Me pidió que le recordara a Ikeda cuál es el precio de actuar sin su consentimiento.

—¿Qué ocurrió la noche que murió mi madre? —le pregunté.

—Lo único que tu madre tenía que hacer era reunirse con un cliente que nos iba a pagar una generosa suma de dinero. Pero la muy estúpida se negó incluso a dejarnos entrar, con todo lo que habíamos hecho por ella.

—¿Estaba *uncle* Kekahuna contigo esa noche?

—¿Quién crees que acompañaba a quién?

—¿Y Mike Perterson?

—Perterson estaba donde no debía. El chivo expiatorio perfecto. Tan perfecto que ni siquiera nos tuvimos que ocupar de él porque Kalani le pegó un tiro antes que nosotros.

Mientras hablábamos, Pulawa se había ido desplazando despacio hacia mi derecha, lejos de la orilla.

—No te muevas —le ordené.

Me vi obligado a girar la cintura para seguir encañonándole. El viento me empezó a dar de lado y tuve que cerrar los ojos un momento porque el pelo me cegaba.

Cuando volví a abrir los ojos, Pulawa estaba casi encima de mí. Me golpeó el brazo con un manotazo salvaje y la pistola cayó al suelo. Intenté agacharme para recuperarla, pero Pulawa me embistió con un hombro y los dos rodamos sobre las rocas de coral.

—Le dije más de una vez al patrón que se deshiciera de ti —gimió Pulawa mientras trataba de ponerse de pie—. Siempre me has hecho desconfiar, desde que eras un crío.

Lancé mi cuerpo contra el suyo con un grito de guerra que ni siquiera la ventolera pudo enmudecer. Pulawa cayó al suelo de espaldas.

Con un aullido animal, cogí una piedra y le golpeé la cabeza.

Una y otra vez.

Sin parar.

Hasta que su rostro quedó por completo irreconocible, una masa deforme. Sin ojos ni nariz ni boca que pudieran atestiguar que habían pertenecido alguna vez a una persona.

Solté la piedra ensangrentada y permanecí sentado junto al cuerpo de Pulawa durante lo que bien podía haber sido un milenio. Tenía la camiseta manchada con gotas rojas. Me lamí los labios y noté un regusto metálico. Supuse que la sangre de Pulawa me había salpicado también la cara. Con la lengua barrí algo más. Quise creer que eran granos de sal, no astillas de hueso.

Seguía sentado sin saber qué hacer cuando empezó a llover de forma torrencial. Era una lluvia caliente que me azotaba sin compasión, que lavaba la sangre y todo lo demás de mi rostro y de mis manos.

La pistola había caído cerca y la escondí de nuevo debajo de la camiseta.

Conseguí levantarme y arrastré con dificultad el cuerpo de Pulawa hasta la orilla. El mar pronto reclamó el cadáver y me quedé mirando mientras las olas lo alejaban de la playa.

Nunca había visto un tiburón de verdad, aunque conocía a muchos surfistas que habían avistado una aleta a lo lejos. Los más peligrosos son los tiburones tigre. Durante una tormenta, suelen rondar las desembocaduras de los ríos y de los arroyos para cazar con facilidad a los peces y a los demás animales que los fondos de los barrancos arrastran hasta el mar.

Quizás un tiburón tigre estuviera deambulando por la bahía a la espera de una presa fácil.

63

La lluvia caía a raudales y el viento huracanado arremetía contra los eucaliptos plantados a ambos lados de la carretera. Por la radio aconsejaban no salir a la calle, mantenerse alejado de las ventanas y no colapsar el servicio de emergencia con llamadas de teléfono innecesarias.

Aparqué frente a la comisaría. Tuve suerte porque dos policías abandonaron el edificio a los pocos minutos. Reconocí enseguida al *sergeant* Ikeda. Salí del coche y el viento me sacudió como si fuera uno de esos gigantescos muñecos inflables que ciertos negocios colocan al borde de la carretera para promocionarse. Corrí detrás de los dos policías y agarré del hombro a Ikeda. Cuando se giró, le propiné un puñetazo. Mi puño le golpeó la barbilla justo donde le había atizado Pulawa. Ikeda se tambaleó y el otro policía sacó su pistola de la cartuchera que le colgaba del cinturón.

—Guarda el arma —le ordenó Ikeda a su compañero antes de encararse conmigo—. ¿A qué viene esto?

—Considéralo el primer pago por haber intentado matarme. Quién sabe, quizás decida pegarte un tiro cuando nos veamos de nuevo.

Me di la vuelta y regresé al coche. Antes de abandonar el aparcamiento de la comisaría, miré una última vez por el espejo retrovisor. El *sergeant* Ikeda se masajeaba el mentón mientras, supongo, procuraba dar con una explicación que pudiera apaciguar al otro policía.

Cuando llegué a casa, aún no había amanecido. Las macetas con flores del porche estaban caídas y el viento zarandeaba tanto la antena parabólica del tejado que parecía estar a punto de salir despedida como si de un platillo volante se tratara.

Me encaminé a la parte de atrás. El *lānai* se había anegado y el agua amenazaba con entrar por debajo de la puerta de la cocina. Kimo estaba intentando asegurar el gallinero con unas planchas de madera y *uncle* Kekahuna luchaba con la lona azul que protegía la lancha motora. Con un martillo, trataba de clavar la lona al suelo con unas piquetas.

Me detuve a pocos pasos del cuerpo acuclillado de *uncle* Kekahuna.

—Coge unos sacos de arena del cobertizo y colócalos delante de la puerta de la cocina —dijo sin ni siquiera mirarme.

Cuando no me moví, *uncle* Kekahuna levantó la cabeza.

—¿Estás herido? —me preguntó señalando con el martillo las manchas de sangre que la lluvia no había logrado lavar de mi camiseta.

—La sangre no es mía.

—¿De quién es?

—De Pulawa. —Cada vez que hablaba, podía saborear el agua que me resbalaba por la nariz.

—¿Le ha pasado algo a Pulawa?

—Está muerto.

—¿Muerto? —repitió *uncle* Kekahuna mientras se erguía. Me percaté de que sujetaba con firmeza el mango del martillo.

—Le abrí la cabeza con una piedra.

Me imaginé el cerebro de *uncle* Kekahuna como un sistema de engranajes. Juraría que oí un clic cuando comprendió finalmente las implicaciones de mis palabras.

—¿Tienes pensado hacer lo mismo conmigo? —dijo—. ¿Romperme también la cabeza?

—¿Por qué no habría de hacerlo? —grité porque el vendaval era ensordecedor—. Sé que no fue Naone quien mató a mi madre.

La lona azul se soltó de una de las piquetas y comenzó a zarandearse con cada envite del viento. Di un paso hacia mi derecha para evitar que me golpeara.

—He intentado ser el mejor padre —dijo *uncle* Kekahuna.

—¿Por qué mataste a mi madre?

—Te di una familia.

—Dime por qué —chillé.

—Supongo que no me creerás, pero no fue más que un estúpido accidente.

—¿Un accidente?

—Pulawa la empujó sin querer y se golpeó la cabeza con el borde de una mesa. O quizás fui yo quien la empujó, no recuerdo bien porque todo ocurrió muy deprisa.

—¿Por qué no llamaste a una ambulancia?

—Tu madre murió de inmediato —se lamentó *uncle* Kekahuna—. Lo único que pude hacer fue dejarla acostada sobre la cama.

—¿De dónde sacaste la corona de flores?

—¿Qué corona?

—La corona de orquídeas que le adornaba la cabeza.

—No recuerdo ninguna corona.

¿Me había imaginado acaso las flores?

La lluvia caía de forma tan torrencial que era como si nos separase una cortina de agua.

—¿Por qué me hiciste creer que el asesino fue Naone?

—Porque necesitabas un culpable y Naone cumplía de sobra con todos los requisitos.

—Necesitaba la verdad, no un culpable. —Busqué la pistola debajo de la camiseta—. Sabes bien que me utilizaste para acabar con Naone y con tu maldita guerra. Primero, me hiciste creer que Naone mató a mi madre y, después, me enseñaste a apretar el gatillo.

Levanté despacio el arma, pero una mano me agarró de repente el brazo.

—¿Qué coño estás haciendo? —me increpó Kimo. Había venido corriendo desde el gallinero y sus dedos me atenazaban con tanta fuerza el antebrazo que pensé que me cortarían la circulación.

—Apártate —le ordené.

Kimo me soltó el brazo y se colocó entre su padre y el cañón de la pistola.

—Si quieres matarle, primero tendrás que dispararme a mí.

Por el rabillo del ojo, me percaté de que alguien más se acercaba.

—¿Cómo te atreves a apuntar con un arma al único padre que has conocido? —gritó *auntie* con el moño deshecho tras cruzarme la cara con una bofetada—. ¿Así es como nos agradeces que te hayamos criado?

—¿Por qué habría de agradecerte nada? —repliqué—. Nunca me quisiste como a un hijo.

—Los dioses son testigos de que lo intenté —dijo *auntie* —, pero siempre fuiste el hijo de otra.

—Cállate, mujer —bramó *uncle* Kekahuna.

La lona azul consiguió desprenderse de la única piqueta que aún la sujetaba al suelo y recorrió todo el *lānai* hasta quedar prendida de la rama de un árbol.

—No te muevas o disparo —amenacé a *uncle* Kekahuna cuando apartó a su hijo de la línea de fuego y dio un paso hacia delante. Seguía blandiendo el martillo como si fuera a golpearme con él de un momento a otro.

—Baja el arma —me suplicó.

Oí entonces un grito a mi derecha. Lilinoe corrió hacia donde estábamos como un soldado que cargase contra el enemigo. Se abalanzó sobre mí y, con la sorpresa, dejé caer la pistola al suelo. Forcejeamos y me arañó la cara con las uñas.

Cuando recuperé la compostura, Lilinoe me estaba apuntando con el arma.

¡Bang!

La bala me hirió el hombro izquierdo.

No sentí nada al principio. Unos segundos después, me inundó un dolor tan intenso que caí de rodillas al suelo, como si me hubiera golpeado una pelota de béisbol lanzada por el mejor *pitcher* de la liga.

Cuando por fin conseguí ponerme de pie, cuatro pares de ojos me miraban como si no fuera más que un extraño.

Me di cuenta de que nunca había formado parte de esta familia.

Not really.

Lilinoe lloraba mientras seguía apuntándome con el arma. Todo su cuerpo se estremecía como si se le hubieran licuado los huesos.

—Dame la pistola —le ordenó su padre.

Cuando consiguió que su hija rindiera el arma, *uncle* Kekahuna dio otro paso hacia mí.

—Si de verdad quieres matarme —dijo mientras me ofrecía la pistola por la culata—, hazlo.

—¿Pretendes que crea que vas a permitir que te dispare?

—Quémalo todo, si es eso lo que quieres. Quémalo todo hasta la raíz, como el cañaveral.

—¿Estás loco? —aulló *auntie* a su lado.

—Cállate, he dicho.

Cogí el arma y encañoné de nuevo a *uncle* Kekahuna. Directo al corazón.

—¿De verdad querías a mi madre? —No pude más que advertir la mirada dolida que *auntie* le dirigió a su marido.

—Nunca he dejado de quererla —respondió *uncle* Kekahuna.

Acaricié el gatillo con el dedo índice, pero cuando disparé, lo hice por encima de su cabeza. La tormenta absorbió de inmediato el estruendo del disparo.

—Por una vez —dije—, no voy a hacer lo que me pides. Demasiada sangre derramada.

Kimo dio un paso defensivo hacia delante mientras *auntie* abrazaba a su hija, que no paraba de llorar.

Despacio, me di la vuelta y me encaminé al coche.

—No se te ocurra volver —gritó *auntie* a mi espalda. Sus palabras me taladraron el cuerpo con más brutalidad que la bala.

Cuando encendí el motor del coche, los brazos del limpiaparabrisas comenzaron a barrer incansables el cristal.

Me arremangué la manga de la camiseta. La sangre que brotaba de la herida del hombro había emborronado el tatuaje de la tortuga y amenazaba con manchar la tapicería del asiento del coche.

64

Busqué un trozo de tela con el que vendar la herida, pero no encontré nada que me pudiera servir. Utilicé al final la camiseta mojada que tenía puesta. Tras enrollarla, envolví con ella el hombro herido y, con ayuda de los dientes, conseguí anudar los dos extremos.

Mareado, con el brazo izquierdo inutilizado, conduje sin tener claro el destino. Recuerdo pasar por la oficina de Reid Ching. El contable intentaba proteger la puerta de su oficina con unos sacos de arena. Deseé de todo corazón que una tromba de agua se lo llevara por delante. Conduje durante una hora. O quizás fueran dos o diez. Había amanecido sin que me diera cuenta, pero la visibilidad era casi nula. Más de una vez me vi obligado a dar un volantazo para esquivar una roca que había rodado hasta el centro de la carretera y casi pierdo el control del coche cuando la rama de un árbol golpeó el parabrisas.

Me seguían las luces distantes de otro coche, pero no le di importancia. Mi única preocupación era no perder la conciencia mientras estuviera conduciendo. Tenía la visión borrosa y un hormigueo persistente me había entumecido los dedos de las manos y de los pies.

La carretera de asfalto dio paso a una pista de grava hasta que, por fin, vi a lo lejos la estructura blanquecina de un faro que resistía con bravura el ímpetu del viento. Más de cien pies de altura, de acero galvanizado.

El cabo Kumukahi, el lugar más oriental de la isla.

Una inmensa lengua de lava negra rodeaba el faro, la primera luz que avistan los barcos tras cruzar las cerca de dos mil quinientas millas que separan la isla del continente. Cuentan que Kumukahi era un reyezuelo que se atrevió a burlarse de Pele. La diosa, encolerizada, envió un río de lava que persiguió al reyezuelo hasta la playa y terminó creando el pedazo de tierra donde siglos más tarde se levantó el faro.

Dejé atrás el faro y conduje hasta el final de la pista. La puerta del coche casi se desprende de las bisagras cuando tiré de la manilla. Salí como pude y caminé con dificultad hasta las rocas contra las que arremetían con cólera las olas. Unos arbustos raquíticos crecían entre las piedras, aplanados por el vendaval y por el chaparrón que caía. Saqué la lengua y lamí la humedad del aire, la misma humedad que me barría el rostro y el torso desnudo.

¿Por qué había conducido hasta el cabo? Tal vez porque el cabo era lo más parecido al fin del mundo. Miré a mi alrededor. Pensé que a lo mejor podría encontrar la gran roca desde donde las almas abandonan la tierra de los vivos.

—No es un mal sitio para morir —gritó de pronto una voz detrás de mí.

Giré la cabeza. Una camioneta roja había aparcado al lado de mi coche y un hombre se acercaba. Se detuvo a pocos pasos de mí y me apuntó con un revólver.

El hombre era flaco, larguirucho, con un bigote espeso. Lo reconocí de inmediato.

Dickie.

What comes around goes around.

Se cosecha lo que se siembra.

Lo primero que pensé fue que mi muerte iba a estar acompañada por el rugido del mar, del viento y de la lluvia. No podría haber tenido una banda sonora peor. El viento era tan violento que me resultaba casi imposible mantenerme de pie, la lluvia caía con la rabia propia de los dioses y las gotas eran perdigones que me ametrallaban la cara.

Me vi obligado a cerrar los ojos. Pese a eso, era consciente del revólver que me estaba apuntando. Era posible que una ráfaga de viento pudiera desviar la trayectoria de la bala, pero lo dudaba. Había conseguido sobrevivir a dos disparos, no creía que la suerte me acompañara una tercera vez. ¿No dicen acaso que a la tercera va la vencida? Lo más probable fuera que el plomo de la bala me perforase el hueso frontal del cráneo. Por fortuna, supongo que no sentiría el impacto. Ni cómo la bala iría desgarrando los tejidos y el cerebro hasta abrir, quizás, un agujero por la parte de atrás de mi cabeza.

La venda improvisada que me rodeaba el hombro se desató y la camiseta echó a volar como si fuera una cometa. Recuerdo que pensé que ojalá el vendaval me izara también como hiciera con la camiseta o con la cometa de Māui. Me imaginé volando sin rumbo sobre esta isla de taro, caña de azúcar y café. Dicen que, cuando se tiene miedo, la mente se llena de pensamientos extraños e irrelevantes. Debe de ser verdad, porque estaba aterrorizado y solo me acordaba de la historia de la gigantesca cometa de Māui. La cometa era uno de los pasatiempos preferidos del semidiós. Gracias a la suave brisa creada por el dios del viento, la cometa descendía y remontaba el vuelo y daba un giro tras otro. Pero un día, el dios del viento recibió la orden de liberar el más fuerte de los huracanes, quizás igual de formidable que el huracán Oleka.

Tal fue la violencia con la que azotó la isla que terminó por romper el hilo con el que Māui sujetaba la cometa. Creo que el semidiós intentó recuperar su juguete, pero no sé si acabó encontrándolo. Seguro que *auntie* conoce el final de la historia.

—Siento mucho el mal que te ocasioné —grité con la esperanza de que el viento acarrease mi disculpa.

—Es demasiado tarde para pedir perdón —escuché al poco rato, las palabras apenas audibles.

Con los ojos todavía cerrados, me dejé envolver por el fragor del mar, por el bramido del viento, por el estrépito de la lluvia al golpear las rocas. De repente, una voz dulce me murmuró algo al oído.

You are a good boy.

Eres un buen chico.

Unos dedos fríos me rozaron con delicadeza la mejilla y abrí los ojos. Nunca pensé que fuera capaz de reconocerla, pero podría haberla identificado incluso entre una multitud.

—¿Mamá? —susurré.

Sabía que Dickie no era consciente de la presencia de mi madre. Acariciaba el gatillo con el dedo e intuí que estaba a punto de disparar.

Las manos de mi madre se posaron entonces sobre mi pecho. Con una sonrisa, esas manos que tan bien recordaba me empujaron hacia atrás con fuerza y caí al mar de espalda.

Sonaron unos disparos, pero las balas ni me rozaron. El mar me abrazó con la rabia de un amante despechado y empezó a zarandearme como si no fuera más que un barco de papel.

Me golpeé el pecho contra una roca y me quedé sin respiración durante unos segundos. La herida del hombro se reabrió y el agua a mi alrededor se tiñó de rojo. Tuve miedo de que la sangre atrajera a un tiburón e intenté nadar hasta las rocas, pero solo podía mover un brazo y el mar me alejaba cada vez más de la orilla.

Busqué con la mirada a Dickie. Había bajado el revólver y se estaba dando la vuelta. Su cuerpo flaco era un mástil a merced del viento. Supuse que me daba por muerto. Unos pasos más allá, mi madre me decía adiós con la mano. No le afectaban el viento ni la lluvia. Llevaba puesta una falda hecha con hojas de ti y una corona de flores le adornaba la larga cabellera negra.

Una ola me cubrió por completo. Cuando miré de nuevo hacia arriba, mi madre había desaparecido y supe, no sé cómo, que no volvería a verla.

Cuando me revolvió una nueva ola, sacudí los brazos y las piernas, pero por más que lo intentaba, no conseguía sacar la cabeza fuera del agua. ¿Cuánto tiempo podría aguantar sin respirar? ¿Un minuto? ¿Dos? Me estaba ahogando, pero mi cuerpo se resistía como una langosta que estuviesen cociendo viva dentro de un caldero.

Rocé entonces algo con las manos. Una enorme tortuga nadaba cerca de mí.

Honu.

Con desesperación, me agarré de su rugoso caparazón y la tortuga me arrastró hasta la superficie. Las primeras bocanadas de aire me quemaron los pulmones.

La tortuga comenzó a nadar hacia la seguridad de la costa. Me aferré con las uñas a su caparazón porque temía hundirme de nuevo. Cuando por fin logré sujetarme de una de las rocas, la tortuga se dio la vuelta y desapareció debajo del agua.

Intenté trepar, pero una ola me desequilibró y mis dedos se soltaron de la grieta que estaba utilizando para impulsarme hacia arriba. Dejé escapar un grito de frustración. El hombro herido me ardía y todo el costado izquierdo se me había entumecido.

De pronto, una mano me agarró por la muñeca y un collar con dientes humanos bailó delante de mis ojos hasta golpearme la frente.

EPÍLOGO

Es extraño que el supermercado no esté abierto. Suele abrir todos los días de seis de la mañana a once de la noche. Empujo el carro hasta la puerta de cristal, donde han colgado un cartel con letras rojas que anuncia que, debido al huracán Oleka, permanecerán cerrados hasta previo aviso. Me protejo de la lluvia con un trozo de plástico transparente. Lo encontré entre unas cajas, me refiero al trozo de plástico. Quizás podría hacerle unos agujeros para meter la cabeza y los brazos. Me serviría entonces de chubasquero.

O kau ke anoano iaʻu kualono.

Hago de nuevo inventario del contenido del carro porque nunca se sabe. Desato el nudo de una de las bolsas de basura y revuelvo dentro. La manta, el termo, el periódico del pasado lunes, las latas de refresco vacías. Cuento más de una vez cuántas latas tengo. Cincuenta y ocho. Calculo que pesarán cerca de dos libras. Con suerte, me darán medio dólar por ellas cuando vuelva al basurero. Supongo que el basurero estará también cerrado por culpa del huracán Oleka.

He ano no ka po haneʻe aku.

¿Qué podría utilizar para agujerear el trozo de plástico? Busco dentro de la bolsa de basura. Hubiera jurado que tenía unas tijeras. Las encontré tiradas hace unos meses, me acuerdo bien. Unas tijeras de color rojo. Mi teoría es que se cayeron de la mochila de un niño, porque no me explico cómo alguien podría perder unas tijeras tan bonitas. Rebusco, pero no las encuentro. Es mejor que cierre la bolsa de basura porque se me está mojando el periódico. Todavía no he leído la sección de deportes y lo último que quiero es que se me estropee. Me quedaría sin saber quién ganó el partido del domingo.

He ano no ka po hane'e mai.

Empujo el carro por el soportal hasta el restaurante coreano. Bufé desde el mediodía hasta las cuatro de la tarde. Cinco dólares por persona. *All you can eat.* Todo lo que puedas comer. El propietario está colocando unos sacos de arena frente a la puerta. Le pregunto si quiere que lo ayude, pero me despide con una retahíla que no entiendo. Por sus gestos, no obstante, discierno que no necesita mi asistencia. Me gustaría aprender coreano. Sin embargo, no estoy seguro de que el propietario del restaurante quiera enseñarme. Solo sé decir dos o tres palabras. Para dar las gracias, basta decir *gamsahamnida*. Le digo *gamsahamnida* mientras inclino un poco la cabeza porque creo que los coreanos muestran respeto de esa forma. No es mala persona el propietario del restaurante. Una vez a la semana me permite utilizar el baño para que me asee. Me presta incluso una maquinilla y espuma de afeitar.

He ano no ka po pihapiha.

Una ráfaga de viento me sacude de repente. Casi pierdo el trozo de plástico con el que me cubro la cabeza, pero consigo atraparlo por una punta. Tengo que encontrar las tijeras como sea. Me gusta que sean rojas, aunque tampoco me hubiera importado que fuesen de otro color. ¿Habrá tijeras amarillas?

Seguro que sí. Mi color favorito es el amarillo. La semana pasada era el verde, pero ahora es el amarillo porque el otro día me regalaron unos plátanos, los plátanos más dulces que he comido nunca. No recuerdo quién me los regaló, es una pena. Quizás la próxima semana alguien me ofrezca unos caquis maduros. Aunque solo sea porque son de color naranja.

He ano no ka ha'iha'i.

Las tijeras hacen juego con el termo, que es también de color rojo. Debe de tener una grieta porque gotea. Pero es de buena calidad, uno de esos termos que la gente se lleva consigo cuando va de *camping*. Intenté arreglarlo una vez con cinta americana. Sin éxito, porque no conseguí que dejara de gotear.

—¿Te sabes de memoria todos los versos del cántico de creación? —pregunta de pronto alguien.

Un coche se ha detenido a mi lado y me agacho para ver de quién se trata. Reconozco de inmediato a la conductora porque los muertos me han hablado de ella. Sé que la llaman Laka. Creo que, hace mucho tiempo, conocí a otra Laka. Si me concentro lo suficiente, puedo imaginármela bailando *hula* con los pies descalzos. Pero nunca alcanzo a vislumbrar su cara. La bailarina siempre tiene la cabeza gacha y una larga cabellera negra le oculta el rostro.

—Sube —me ordena la chica, porque no debe de haber cumplido ni los veinte años.

No me atrevo a decirle que no, pero no obedezco de inmediato porque no quiero abandonar el carro. Cualquiera podría robármelo con todo lo que tengo dentro: la manta, el termo, el periódico, las latas de refresco, las tijeras.

He weliweli ka nu'u a ho'omoali.

La chica sale del coche sin importarle el chaparrón.

—¿Tienes algo más aparte de las bolsas de basura?

Cuando le digo que no, saca las bolsas del carro y las

guarda dentro del maletero. Escucho entonces un maullido que proviene del coche. Me asomo al maletero porque la curiosidad me puede. Junto a las bolsas de basura, un gato gris me observa desde el interior de una jaula de pájaro demasiado pequeña.

—¿Cómo se llama? —le pregunto a la chica.

—No creo que tenga nombre.

La chica me pide de nuevo que suba al coche. Sigo sin estar seguro porque no sé si el carro continuará allí cuando regrese, pero no me atrevo a decirle que no. Me subo por fin y, cuando lo hago, con el trozo de plástico todavía cubriéndome la cabeza y los hombros, espero a que arrugue la nariz, como suelen hacer otros cuando me acerco a ellos, pero la chica ni se inmuta. Está claro que no es como los demás. Quizás es porque está acostumbrada a hablar con los muertos.

He weliweli ka 'ai a ke'e koe koena.

La chica conduce sin decir nada con las manos bien aferradas al volante. Por primera vez, entiendo por qué el supermercado está cerrado. Mejor no salir a la calle con esta lluvia torrencial y con el viento que está soplando. ¿Estará cerca el huracán Oleka? Siempre he querido tener una de esas pequeñas radios portátiles. Si hubiera tenido una, me habría enterado del parte meteorológico. Cuando voy al basurero a vender las latas de aluminio, nunca me olvido de preguntarle al encargado si alguien se ha deshecho de alguna radio, pero hasta ahora no he tenido suerte. Supongo que la gente no tira así porque sí las radios a la basura. Si tuviera una radio portátil, necesitaría también pilas. ¿Cuántas pilas me harían falta? ¿De qué tamaño?

He weliweli a ka po hane'e aku.

No le pregunto a la chica adónde vamos. Espero que sepa lo que está haciendo porque, a fin de cuentas, los muertos la conocen bien. Después de cerca de una hora conduciendo, dejamos atrás la carretera de asfalto y nos adentramos por una pista de grava. La lluvia golpea el parabrisas como si lo fuera a agujerear. Hacía mucho tiempo que no veía llover así. Delante de nosotros aparece de pronto la estructura metálica de un faro. La chica aparca unas yardas más allá del faro, al lado de otros dos vehículos.

—Baja del coche y coge tus cosas —dice.

Obedezco y saco las bolsas de basura del maletero. Como no sé qué hacer con ellas, las escondo de momento debajo del Pontiac que está aparcado al lado. El viento me golpea con la saña de un boxeador y me cubro mejor la cabeza con el trozo de plástico.

—No te olvides del gato —me advierte la chica.

Sin pensármelo dos veces, agarro el asa de la jaula. El gato no para de maullar, incómodo por la estrechez de las rejas.

—¿De verdad no sabes cómo se llama? —le pregunto de nuevo.

—Ponle el nombre que quieras. Por cierto, sé cuál es el siguiente.

—¿El siguiente qué?

—Sé cuál es el siguiente verso —repite—. *He 'ili'ilihia na ka po he'e mai.* Temor a la noche que se aproxima.

—¿Por qué me has traído aquí?

—Órdenes.

—¿Órdenes de quién?

—De los muertos.

Con estas palabras de despedida, la chica acelera y enseguida desaparece por la pista de grava.

¿Qué querrán los muertos de mí? Un hombre flaco con bigote se encamina a uno de los dos coches aparcados, una camioneta de color rojo. Me acerco porque quizás pueda explicarme qué tengo que hacer o dónde he de ir. Pero el hombre ni me devuelve el saludo. Se sube a la camioneta y me veo obligado a retroceder unos pasos porque casi me atropella. Menos mal que no era el conductor del Pontiac. De lo contrario, no sé qué habría pasado con mis bolsas.

Como no quiero dejar solo al gato, me dirijo con la jaula bien agarrada al lugar de donde venía el hombre con bigote. El viento me da de cara y avanzo por la colada negra casi a ciegas.

Me parece ver a una mujer con una corona de flores y una falda hecha con hojas de ti. La mujer está diciendo adiós con la mano. Cierro los ojos un momento por culpa de la lluvia. Cuando los abro de nuevo, la mujer ha desaparecido. Camino hasta el borde y me asomo con cuidado porque tengo miedo de que el viento me tire. Un chico trata de trepar por una de las rocas, pero el mar está tan embravecido que no puede sujetarse a ninguna grieta.

Suelto la jaula con el gato y me pongo de rodillas. Tras varios intentos, consigo agarrar al chico por la muñeca. Tiro de él hasta que su torso desnudo descansa junto a mis pies.

—¿Has venido aquí por los caminantes nocturnos? —le pregunto porque sé quién es.

El chico gime de dolor cuando se sienta a mi lado. Por algún motivo que no alcanzo a comprender, tiene una herida de bala. Sé que es de bala porque una vez fui soldado. Hace mucho tiempo. Tiene también otra herida. Como si le hubieran golpeado la cabeza por detrás. Da la impresión de que se le han soltado los puntos. Cuando consigue por fin recuperar el resuello, se percata de la presencia del gato. Frunce las cejas, como si reconociera al gato gris con el pelo erizado por la lluvia.

—No tiene nombre —le digo—, pero necesita uno. ¿Te gusta Kai? Creo que mi hijo se llama Kai. ¿Sabías que Kai significa «océano»? El nombre lo eligió mi mujer. Sí, a mi mujer siempre le gustó ese nombre.

—Mi nombre también es Kai.

—Quizás debería llamar de otra forma al gato, ya sabes, para no confundiros.

Me siento aliviado cuando el chico responde que no es necesario, porque no se me ocurre ningún otro nombre. Coloco la jaula con el gato entre las piernas y extiendo el trozo de plástico para cubrir también la cabeza del chico. Por fortuna, es suficientemente grande para protegernos a los dos del aguacero.

—¿Qué haces aquí tan lejos? —me pregunta.

—Me trajo la chica que habla con los muertos. —Sujeto con más firmeza las esquinas del trozo de plástico—. No me dijo nada de lo que debía hacer, pero supongo que estoy aquí por un motivo. ¿Crees que tendrá que ver con los caminantes nocturnos?

—Todo parece estar relacionado con los caminantes nocturnos. Por cierto, ¿cómo se llama tu mujer?

Estoy a punto de decirle que el nombre de mi mujer es Laka. Sin embargo, sé que no es verdad, que ese no es su nombre. Por primera vez desde hace mucho tiempo, consigo acordarme de cómo se llama.

—Su nombre es Ailani; el de mi mujer, no el de mi hijo, por supuesto. Estoy casi seguro de que mi hijo se llama Kai.

Noto cómo el cuerpo del chico se tensa. Me imagino que es por la herida del hombro, que no para de sangrar. No me había dado cuenta antes, pero un precioso tatuaje le adorna el brazo. El tatuaje de una tortuga.

—¿Dónde está tu familia? ¿Dónde están tu mujer y tu hijo?

—¿Mi familia? —respondo—. Creo que los perdí, pero hace mucho tiempo de eso.

El gato entre mis piernas no cesa de maullar y meto un dedo por las rejas de la jaula para acariciarle el lomo. No quiero sacarlo de la jaula porque temo que se escape.

—¿Siempre te has llamado Pahupu?

—¿Pahupu? ¿Quién dice que me llamo Pahupu? No recuerdo cuál es mi nombre, pero seguro que no es Pahupu.

—¿Es posible que tu nombre sea Sam?

—¿Sam? El nombre me suena. Sí, puede que me llame Sam.

El chico se echa a llorar con el desconsuelo de un bebé. Las lágrimas le caen a raudales, como una presa desbordándose tras la crecida del río.

—Pensaba que estabas muerto —gime—, que habías tenido un accidente de coche.

—La que está muerta es mi mujer. O, al menos, creo que está muerta.

—¿Te importaría abrazarme? —me suplica el chico.

Dudo unos segundos porque no quiero que el viento se lleve el trozo de plástico. Pero suelto una de las esquinas y rodeo el cuerpo tembloroso del chico con el brazo libre.

He po uhe'e i ka wawa.

—¿Qué significa? —me pregunta el chico con la voz ahogada por el llanto.

—¿Qué significa el qué?

—El verso que acabas de recitar.

—Quiere decir que, después de la oscuridad, siempre viene la luz —le explico.

—¿Es verdad? ¿Siempre viene la luz?

—Claro que es verdad.

Cuando el chico descansa su cabeza contra mi hombro, entiendo por fin el motivo por el que estoy aquí. La chica que habla con los muertos me trajo por él, porque los muertos quieren que consuele a este chico que se llama igual que mi hijo. Lo abrazo con más fuerza y espero a que se le sequen las lágrimas.

Cuando miro al horizonte, el cielo y el mar son un

continuo de color gris. Un gris distinto que el del pelo del gato, más oscuro. Quizás sean alucinaciones, pero juraría que puedo ver un pedazo de cielo azul a lo lejos, unos rayos de sol que descienden como lanzas.

Quiero pensar que es el ojo del huracán.

Gracias por leer *Los muertos tropicales*.

Si quieres saber más acerca de mí, escribirme unas líneas, unirte a mi club de lectores o leer gratis algunos de mis cuentos, visita mi sitio web:

www.leticiamh.com

OTRAS OBRAS

La ecología de las arañas

Las muñecas chinas

El ruido del fin del mundo

AGRADECIMIENTOS

Se habla mucho de la soledad del oficio de escritor, pero nada más lejos de la realidad. Es verdad que estás solo mientras escribes (aunque estés acompañado por los personajes que has creado), pero para poder contar con esas horas robadas, es necesario el respaldo de muchas personas.

Gracias a mis padres y mi hermano por no cortarme nunca las alas, sino todo lo contrario, por alentarme a volar cada vez más alto.

Gracias a Carlos, mi marido, por ser el compañero de viaje perfecto.

Gracias a mi estupendo grupo de lectores cero: Pilar Acosta, Antonio Cabrera Lavers, Julia de León, Carlos del Burgo y Ana Vidal. Me siento tremendamente afortunada porque no es fácil encontrar unos lectores que se presten a leer y comentar un manuscrito aún a medias. Gracias por vuestra generosidad. Esta novela es lo que es gracias a vosotros.

Como escritora independiente, sé bien lo difícil que es publicar y dar a conocer tu obra. Por suerte, he podido contar con dos estupendos profesionales:

Gracias a Xavier Comas por diseñar una magnífica portada.

Gracias a Raquel Ramos por ser la mejor cazadora de errores.

Esta novela nunca hubiera sido posible de no ser porque, un buen día, mi marido y yo decidimos trasladarnos a la preciosa isla de Hawái. Esta decisión no solo me proporcionó el tiempo para escribir, sino, aún más importante, la motivación (e inspiración) que tanto necesitaba. *Los muertos tropicales* surgió a partir de lo que he aprendido de esta isla y del resto del archipiélago. Además de un homenaje al género negro que tanto disfruto como lectora, con esta novela he pretendido, desde el más profundo respeto, dar a conocer algunos de los mitos y las leyendas que aún forman parte de la vida hawaiana.

La isla del Pacífico donde ocurre la acción de mi historia está recreada a partir de lugares (unos reales, otros ficticios) y costumbres de Hawái. Para ello, no solo he tomado prestado elementos de mi propia experiencia, sino también de muchos otros cuentacuentos. Estos son algunos de los libros que me han servido para conocer mejor las leyendas hawaianas: *Hawaiian Family Legends* y *Hawaiian Family Album*, de Matthew Kaopio; *Kona Legends*, de Eliza D. Maguire; *Hilo Legends*, de Frances Reed; *Pele: Goddess of Hawaii's Volcanoes*, de Herb Kawainui Kane; *Nanaue: The Shark Man & Other Hawaiian Shark Stories*, de Emma M. Nakuima; *Legends of Māui: A Demi-God of Polynesia and of His Mother Hina*, de W. D. Westervelt; *Chicken Skin Tales: 49 favorite ghost stories from Hawaii*, de Glen Grant; y *Haunted Hawaiian Nights*, de Lopaka Kapanui.

Los versos que recita Crazy Pahupu son parte del *Kumulipo*, el cántico de creación hawaiano. Se trata de un poema épico de más de dos mil versos que narra el origen del mundo. Para todos aquellos interesados, recomiendo el siguiente libro: *The Kumulipo: A Hawaiian Creation Chant*, de Martha Warren Beckwith.

Un estupendo libro que me sirvió para conocer los nombres que los hawaianos dan a los distintos tipos de lluvia es *Hānau Ka Ua: Hawaiian Rain Names*, de Collete Leimomi Akana y Kiele Gonzalez.

Ana'ole Polynesian Tattoo: Modern interpretations of traditional Polynesian tattoo, de Roland Pacheco, me fue de gran utilidad para entender el significado que se oculta detrás de los tatuajes polinesios.

Pude conocer mejor la historia del archipiélago de Hawái gracias al libro *Unfamiliar Fishes*, de Sarah Vowell.

El libro que lo empezó todo fue *Hell-Bent: One Man's Crusade to Crush the Hawaiian Mob*, de Jason Ryan, que narra los pormenores del crimen organizado hawaiano entre 1960 y 1980.

Cualquier error, por supuesto, es mío.

Por último, gracias a la biblioteca pública Thelma Parker de Waimea por proporcionarme acceso a estos y a muchos otros libros.

Made in the USA
Monee, IL
30 May 2020